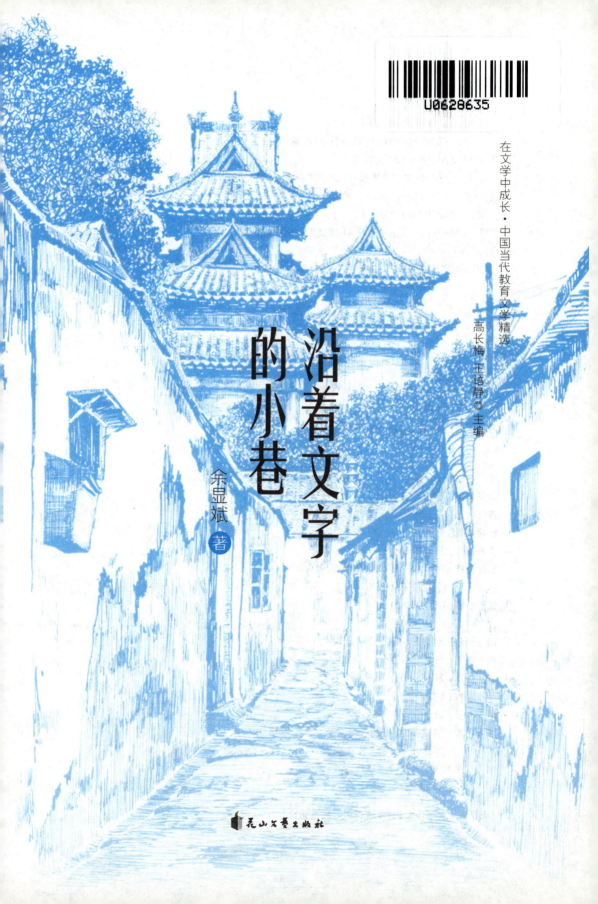

U0628635

在文学中成长·中国当代教育文学精选

高长梅 王培静◎主编

沿着文字的小巷

余显斌 著

花山文艺出版社

图书在版编目(CIP)数据

沿着文字的小巷 / 余显斌著.—石家庄: 花山文艺出版社, 2013.8(2021.5 重印)

(读·品·悟: 在文学中成长·中国当代教育文学精选 / 高长梅, 王培静主编)

ISBN 978-7-5511-1397-7

Ⅰ.①沿… Ⅱ.①余… Ⅲ.①散文集 – 中国 – 当代 Ⅳ.①I267

中国版本图书馆 CIP 数据核字(2013)第 186069 号

丛 书 名：在文学中成长·中国当代教育文学精选
主　　编：高长梅　王培静
书　　名：**沿着文字的小巷**
作　　者：余显斌

策　　划：张采鑫
责任编辑：于怀新
责任校对：齐　欣
特约编辑：李文生
全案设计：北京九洲鼎图书有限公司
出版发行：花山文艺出版社(邮政编码:050061)
　　　　　(河北省石家庄市友谊北大街 330 号)
销售热线：0311-88643221
传　　真：0311-88643234
印　　刷：永清县晔盛亚胶印有限公司
经　　销：新华书店
开　　本：710×1000　1/16
字　　数：170 千字
印　　张：11.5
版　　次：2013 年 9 月第 1 版
　　　　　2021 年 5 月第 2 次印刷
书　　号：ISBN 978-7-5511-1397-7
定　　价：39.80 元

CONTENTS | 目 录

Chapter 1

第一辑 草色倾心

Chapter 2
第二辑 **卧在草坡上的童年**

Chapter 3
第三辑 又见柳色上衣来

Chapter 4
第四辑 佳山秀水如故人

CONTENTS | 目录

Chapter 5
第五辑 **在书里借一片清凉**

第一辑 / **草色倾心**

# 大 唐 柳 色

渭城在哪儿？唐代的柳色是否还那么清新？

每次送别时，总想陪伴着友人走进客舍，像唐代诗人那样叫上一壶酒，点上几碟菜，在四围绿色中间"一杯一杯复一杯，二人对酌山花开"。可每次都是来也匆匆去也匆匆，总也无法如愿以偿，同唐人相比，我们总是少了一份放达，一份恬淡，一份缠绵。

唐人的神韵，唐人的风范，犹如他们所歌颂的柳色一样，永远那么潇洒，那么清新，那么多情，也永远在唐诗里"依旧烟笼十里堤"，让我们这些后来人向往，又让我们无法企及。

渭城朝雨浥轻尘，客舍青青柳色新。
劝君更尽一杯酒，西出阳关无故人。

今夜，月色宜人，独坐在客舍里，看黄昏的月光给窗户镶上一道金边，一直伸向山的那一边去了。我的思绪又一次踏着遍地月光，沿着《渭城曲》所铺设的意境，走上了去阳关的古道。

去阳关的道路上，多了驼铃狼烟，多了孤独寂寞与苍凉。然而，这一切都挡不住唐人哒哒的马蹄。不就是沙漠吗？他们就是为了沙漠而来，为了"大漠孤烟直，长河落日圆"的雄浑而来；为了"忽如一夜春风来，千树万树梨花开"的奇美而来；为了"天下谁人不识君"的自信而来。

于是，唐诗中出现了离别，出现了折柳。

客舍对饮，灞桥折柳，这种习俗不知是否起于唐代，然而却被唐人挥洒得淋漓尽致情意万千。当他们拉着马缰绳，立在斜阳下的驿道边，折柳相送依依惜别时，风吹动着他们青色的长衫，飘飘欲飞。

唐代国势强盛，读书士子人人奋袂而起，走出书斋，离家别子，仗剑远游，去河朔，去塞上，去长安，以求博取功名利禄，入世之心极重。可一旦他们发现追求必须以人格付出为筹码时，他们惶惑了，他们沉默了，他们爆发了，最终选择义无反顾地高唱"安能摧眉折腰事权贵，使我不得开心颜"，长揖而去，拂袖归山；然后再去寻找新的起点。

他们重视功名，但更重视人格；入世之心不死，道德之树常青。唐代文人的腰杆同笔杆一样，铁硬。因而，唐诗就显得洒脱，富有个性；而唐代的诗人们漂泊南北，沦落天涯，受够了颠沛流离之苦。

别，是经常的；聚，是短暂的。可唐人的感情从没被滚滚红尘所消磨。相反，由于长期漂泊在外，他们更需要友情慰藉，于是，他们更看重友情。倾盖如故，一见倾心，彼此从不因身份、地位与政见的不同而有所改变，不因生死而隔离。李白杜甫京华一见，从此至死不忘。元稹在谪所听说白居易被贬后，重病之中昏夜惊起，绕室彷徨，如同身受。而白居易到了晚年，一读到元稹的遗诗犹涕下沾巾，不能自已。

唐人，真是太多情了。在南来北往的路上，送人的，折柳相赠；离去的，接枝挥别。"春风知别苦，不遣柳条青"。然而，柳条一年一青，岁月却慢慢老去，唐人衣袂飘飘，迈着潇洒的步子，一步步走入历史的深处，成为一处可望而不可即的风景。

隔着岁月，仿佛隔着一条难以逾越的长河，"野渡无人舟自横"，让我们无论如何也渡不过去，无法进入那种境界。

这，大概就是现代人的悲哀了。

杜牧的江南

江南，是杜牧的。

没有杜牧，江南，该是何等的寂寞？就如淋漓的细雨中，没有油纸伞的古朴，从而缺乏一种古诗的典雅；就如长长的小巷里，没有一架紫藤萝，从而缺乏一种绿意荡漾的清新；就如断桥边，没有如烟的细柳，从而缺乏一种吴侬软语的娇媚。

江南，是幸运的，在长久的沉寂之后，迎来了青衣飘飘的杜牧。

江南女儿，也是幸运的，在长久的冷寂之后，又重现了青春的颜色。

那时的江南，一定是寂寞得很久了，寂寞得连西湖的水也泛不起一点涟漪。那时的江南，已经没有了丝毫的浪漫，江南采莲的曲子，已经凋谢在寒冷的池塘里；吴越争霸的战鼓，已半入江风半入云，渺茫难寻了。至于西施浣衣的样子，已经在传说中流向岁月的天尽头，白云的深影里。当然，包括当年的丝竹，当年的歌舞，当年的风流潇洒，都已经如周郎的微笑，隐入历史的硝烟中。

江南，太寂寞了，寂寞成一池浮萍，连红叶也舞不起一点声音。

就在这时，杜牧来了，在清明时节前后，嫩草如诗的日子里，一匹马，一身长衫，外带一支笔，踢踢踏踏走过丝雨江南，走过杏花如雪的江南，走过四百八十寺的江南，举一举杏花村的佳酿，饮醉了清明时节，饮醉了自己，也饮醉了唐诗。

醉后不知故乡远，错把江南做故乡。

从此，江南，收容了一颗漂泊的诗魂之心，也收容下一片灵秀，一片浪漫。

在江南行走，杜牧一定是风流潇洒志气昂扬的，因为，他终于寻到了自己心中美的极致，诗的栖息地。在江南，杜牧一定是心情舒展眉宇青葱的，因为，长久

的失落后，他找到了心灵的归宿和安慰。

二十四桥的夜晚，月光如昼，桂香如梦。秋来的江南，依然山温水软，草木含春。"二十四桥明月夜，玉人何处吹箫？"江南，就适合洒脱地生活，诗意地游走。小杜，深得江南三昧？

春风十里，柳丝飘飘，有哪一缕春风，美得过江南？有哪一处女儿，轻浅一笑，婉约过江南？

多少人啊，走过江南？但匆匆的脚步，踏过满地红尘，能领略"烟笼寒水月笼沙"的婉约？能体会到"春风十里扬州路，卷上珠帘总不如"的繁华？能领略"村连三峡暮云起，潮送九江寒雨来"的神妙？只有杜牧，一身长衫，飘飘地走过江南山水，把自己的欢笑，自己的歌吟，留给江南，留给江南的天空和湖面，还有山水楼台。同时，也把江南留给岁月。

在烟水渺茫的江岸，在细柳如眉的亭旁，总有风吹过，总有诗人的脚步走过，这些，江南记得，竖行的方块文字也记得。

当诗人漫步江南时，多少丝管，多少弦竹，在夜月下悠扬；多少忧伤，让一个沉沦历史的书生，怆然泪下。

不是爱风流，似被红尘误。

诗人并不想隐居入江南山水，诗人并不想在二十四桥的箫音中沉醉。"江南好烟月，门系钓鱼船"，"霜叶红如二月花"，这些美妙，也不能让诗人沉醉。所有的音乐，所有的云烟风月，并没有遮住诗人的眼睛。

诗人站在高山上，站在红楼上，日日凝目而视，翘首企盼，在等待着一个时代的到来，等待着万民欢乐的和谐盛世到来，"清时有味是无能，闲爱孤云静爱僧。欲把一麾江海去，乐游原上望昭陵。"诗人总是心有不甘，在晚唐的夕阳残照中，遥望着太宗所开创的盛世，万民同乐，百国来朝。可是，诗人失望了，心冷了。天边，夕阳西下，一片暗影茫然。

在一声长叹中，诗人走入江南。

所有的肮脏，所有的红尘，与江南山水，与江南儿女相比，是如此不堪，如此肮脏。

"繁华事散逐香尘,流水无情草自春。"诗人轻轻叹息一声,定格在江南的烟雨中,静静地观看着,看"千里莺啼绿映红,水村山郭酒旗风"的美丽;看"深秋帘幕千家雨,落日楼台一笛风"的轻歌曼舞;看江南儿女在月夜里一把凉扇,笑扑流萤的娇憨情态;看扬州烟水,秦淮月光。

　　江南,安慰着诗人。

　　诗人,沉醉于江南。

一轮中国月

　　箫令人寂,月使心明。

　　常观国画,见江南山水亭台楼阁,在淡墨间隐隐晕开。一轮明月高悬于楼角的一片天幕上。总有人,或士子,或仕女,月下吹箫,无限清绝。

　　此时,面对着画面,只感到轻风吹衣,相思如酒,浑不知故乡在江南在塞北了:只要身在异地,就有思念;身在家乡吧,又反而叹息远行的友人。

　　因为一轮月,故有相思情。

　　有时独坐,默诵着"露从今夜白,月是故乡明"的句子,觉得此诗实在是中国人特有的情结。分离,让人中宵不寐,步月中庭,听到风吹叶鸣,清露滴下。在月光下,露光与月光一样,让人心地清明,一片皎洁。至于月亮嘛,当然是家乡的那一轮月洁净而纤尘不染,是家乡的那轮月可亲可爱。

　　更何况,故乡月下,有心仪的人,也同样望月思人,对月徘徊。就连诗圣此时,也禁不住吟哦:"今夜鄜州月,闺中只独看。"言辞之中,孤独如鹤,相思弥漫,让每一个漫游江南的人,或流落塞北的人,都中夜彷徨,难以自持。

　　月,永远是华夏民族心中一枚感情的邮戳,我们永远想依托这轮月亮,把自己的感情邮寄给故乡,或者朋友,却又永远邮寄不出去。

邮寄不出去的感情,于是都聚焦在月光中。

大概是太多眼泪的滋润,大概是太多离愁的打磨吧,月亮总是不同于太阳,它总是汪着潋滟的水色,总是有着太多的忧伤,也总是显露出太多的挂念和无言的安慰。

"人有悲欢离合,月有阴晴圆缺",再超迈的诗人,面对着月,也拂不去心中的那轮思念。越是故作安慰之辞,越是显出思念之苦;越做豪迈,越难以在乡愁中突围。

一杯酒,怎能消了乡愁?

一轮月,寄托着如许相思。

每一次走入古诗,或者古词,看诗人们远行,在清露薄霜的早晨,或者是夕阳西下的傍晚,心里,总会代他们产生一缕淡淡的忧伤。故乡如母,故土连根,每走一步都牵扯着一种疼痛和眼泪,每走一步都牵扯着无限的思念和遥望。

但同时,也替诗人们暗暗庆幸,毕竟,和他们紧密相随着的,还有一轮中国着月啊。

无论诗人们走到哪儿,那一轮中国月都会相依相伴,脉脉含情。"海上生明月,天涯共此时",身处异地,同看一轮月,也聊胜于无啊,思念也会得到一点儿慰藉。

看到月,想到看月的人,心,也就有了一泓清水,汩汩流淌起来。那情切切意悄悄的话,也会从心中流淌出来:"明月楼高休独倚,酒入愁肠,化作相思泪。"无论是文人,还是将军,在这轮多情月亮下,感情都清纯如酒,那酒,当然是薄薄的,三杯两盏,怎敌得月夜清寒,怎敌得思念袭人身心?

在思念中,悄悄睡去,梦里,在月光里远行,走遍故乡的每一个角角落落,看遍故乡每一个熟悉的人。然后,再踏着月光回到现实,略微有些凄凉,可这种凄凉也是美的,也是充满诗意的。

是月亮,这轮中国月,和中国的游子永远不离不弃。

当他们骑一匹蹇驴,走在薄霜覆盖的小桥上时,那一轮清清明月,在西边的山尖上,给他们依依照明。

当他们坐一叶扁舟,漂泊在江河湖海上时,清风吹衣,酒后微醺,除了自己的影子陪伴着自己之外,还有一轮清凌凌的月呢!"杨柳岸,晓风残月,"不也是一种孤独心灵的抚慰吗?

当夜宿驿馆中时,明月临窗,月光如水。中夜醒来,床前地上,一团积水。朦胧下地,才知是那轮多情的故乡月洒下的清辉。

"举头望明月,低头思故乡。"当年,李白所见的月,就是这轮月啊;白居易驿馆所见,苏轼海南所见,也都是这一轮月啊。

有这一轮月朗照着,走在哪儿,我们都能找到回家的路;有这一轮月滋润着,走到哪儿,我们都怀揣着一缕乡愁,甜蜜而忧伤地遥望故乡。

无论走到哪儿,我们都不会孤独,不会寂寞。因为,有那么多唐诗宋词熏陶的人和我们拥有同一轮故乡月,拥有同一轮中国月啊!

小　　巷

在中国的建筑中,小巷,总是泛着淡淡的书卷气,古雅,自然,占据着山水的一角。如果说,现代都市是一部鸿篇巨制的小说,那么,小巷则算得上是一篇明末公安派的小品。

读小说,让我们激动,感情澎湃;读小品,则让我们心情平淡,纤尘不染。

一般说来,这样的小巷都不短,一条长长的石子路平平仄仄地伸入胡同深处,伸入宁静与和平中。那儿,花木扶疏,别有市井。

而雨,则是小巷最诗意的衬景。

小巷大都很窄,不宜于承受大雨。最好是蛛丝一般的小雨,婉婉约约地下，仿佛含着万种相思千种情愁一样，欲说还休，藕断丝连。

细雨中的小巷显得格外绰约，漾着亲切与和谐，漾着淡淡的灵秀，小巧玲珑，极似玻璃做的玩具。

撑着一把伞，走在这样的小巷里，人，也就成了一位多愁善感的诗人。

只是小巷的女孩一般都很少像戴望舒诗中描写的那样——如结着愁怨的丁香，大概是受了小巷水土和气韵的滋润吧，人人眉目如画红唇亮眼，就连那说话声也细声细气的，如羊羔子叫，细细听来，丝丝缕缕的，仿佛还透着微微的膻味呢。

安闲，是小巷的神韵，就如茶文化和酒文化一样，它是小巷文化的精髓。

要独品小巷文化的三昧，必须怀揣一颗淡泊的心，慢慢地走来，才能融入小巷的意境中。若西装革履，香车宝马，匆匆而来，惶惶而去，则是万万不行的。

多年前，一位画家以小巷为题材的画风靡一时，唤起了整个华人世界浓浓的小巷情结。那高高的围墙，曲曲折折的胡同，以及那凝重无声的巨大的静，一下子就掳住了观众的心，引导着人们仿佛走进了乡村，走进了灵魂的源头，心，也一下子空静透明起来，无限地大。

其实细想起来，现在的人们喜爱小巷，爱的不是别的，大概是那种宁静悠闲、自然和平的气氛吧。就这一方面而言，小巷也算得上现代人精神生活的后花园。

阅 读 苏 轼

　　在历史长长的河流里,有一个人总会让我们为之倾倒。他总是站在千年外的月光下,峨冠博带,长须飘飘,脸上挂着一副顽皮的笑,看着我们,让我们自惭形秽,自觉污浊不堪;让我们在岁月的驿路上奔波得精疲力竭时,总会不由自主地停下来对照着他想想:人,应该怎样生活,应该怎样才能称之为人。

　　这个人,就是苏轼,中国的文人苏轼。翻开《苏东坡文集》,你的眼中就会出现这个人的影子。这个古代的读书人,他正手执锄头,躬耕于东坡,生活很苦,却回过头告诉你"春食苗,夏食叶,秋食花实而冬食根;庶几乎西河、南阳之寿"。在世俗的人们赏菊时,他竟吃菊,吃了还夸能长寿,这可真让当时朝廷的某些人大失所望。

　　在宋朝的文人中,只有他永远属于江湖,一如他文中的鹤,舒洒的展展翅,从宫廷里飞出,飞望"西山之阙",与白云相逐,与江湖为伴,率性而行,自由自在,永远活在青山绿水之间,活在诗词歌赋之中,活在民间传说里,千余年了,苦则苦矣,却风流,潇洒。

　　他少年得志,名士风流,很有一些同年和诗酒唱和的朋友,再加上他的名头,只要他愿意,只要他稍做暗示,就会重新回到那个金碧辉煌的地方,避免漂泊之苦。可他不,他爱看云起云涌,爱看沧海落日,爱风餐露宿。至于那个汴梁,让给那些争名夺利客,让他们去争好了。而他,属于江湖。

　　其实,应该说,是江湖属于他。他可能不知道,历史早已安排好了苏州、杭州、赤壁,在等着他,等着他的到来,大笔一挥,江海生色。他若不来,其奈天下山水何?

于是，他耸耸肩，抖落了身上所有的光环，包括身份、地位，和自己的翰林锦袍，一身轻松，走向江湖。从此，朝廷上少了一个歌功颂德的词臣，历史上产生了一个空前绝后的文学大师。

他是一位文人，他更是一位智者，一位哲人，他把自己淡定之后的心情告诉我们，同时，也点化着我们。

面对世俗的成功失败，他芒鞋竹杖，轻轻一笑，道"也无风雨也无晴"。让我们听了，目瞪口呆。

面对瘴疠之地，他吟诗道"日啖荔枝三百颗，不辞长做岭南人"，让我们在艰难的环境中想起这话，总会粲然一笑，烦恼顿失。

亲人相别，骨肉分离，是人生最悲戚的事，江淹说："黯然销魂者，唯别而已矣。"但在那个遥远的夜里，最重感情的诗人却说出了那句极具哲理的话，"人有悲欢离合，月有阴晴圆缺，此事古难全。"是啊，既然这是常识，我们就应该看开些，互相保重才是啊。

至于功名，诗人看得更淡，"是身如虚空，谁受毁与誉"，既然一生来到这个世界，终究还要离开，为什么在名利面前还要如此看不开呢？还要为得失荣辱如此斤斤计较呢？

面对荣辱名利的苏东坡，此时一如一轮皓月，冰清玉洁，通体透明：潇洒如春风花雨，青天白云；自然如雪映梅花，水流石上。

这就是苏东坡，中国人的苏东坡。他应该不朽，无论他的文章，无论他的人格。

宋朝也应该是幸运的，因为它还有一个苏东坡，以至于我们至今还常常提到它。

倾 听 王 维

　　生活，是一项艺术。王维，恰到好处地注释着这句话。

　　开始的时候，王维也一定渴望建功立业。那是一个辉煌的时代，一个伟大的时代，那个朝代，是一个名副其实的"中央之国"。在一种积极昂扬的鼓励下，一个个文人，扔下毛笔，从书斋中走出，走向长安，行役塞外，或者一把长剑，浪迹天迹。

　　以书生而守边，以功绩而出将入相，是唐代文人的终极目标。

　　王维，一定也不缺乏这个目标。他埋头书斋，磨穿铁砚，然后，一袭青衫，风度翩翩，进入京师，凭着满腹锦绣，一纸试卷，中了进士。那年，他才二十多岁。那真是个花团锦簇、生机盎然的岁月。

　　这时，他逢着了自己的知己，唐代最著名的政治人物，同时也是一个著名的诗人——张九龄。

　　王维以他的才华、志向、人格，赢得了张九龄的青睐。那时，他一定踌躇满志，也一定充满了理想和希望。他的诗歌，映现出一种宏阔，一种豪迈。这种雄豪昂扬之气，即使是当时的边塞诗人，也见之逊色。

　　"孰知不向边庭苦，纵死犹闻侠骨香。""十里一走马，五里一扬鞭。都护军书至，匈奴围酒泉。关山正飞雪，烽戍断无烟。""暮云空碛时驱马，秋日平原好射雕。"无论哪一句诗，都能点燃热血男儿的豪情。而一联"大漠孤烟直，长河落日圆"，那种广阔，那种恢弘，不说让一般雕虫琢句的文人写，就是让他们读，也会感到头晕目眩，无所适从的。那，已经不是在写诗，而是在抒写自己的心胸，自己的眼界。

有大眼界大志向者,心中才有大山水。

可惜,唐代的盛世,此时已成乐游原上的一轮落日了,那已不是何人所能挽救的,张九龄不行,王维更不行。神医能治病人,但难救病入膏肓之人。

在大唐的晚照斜阳里,张九龄一路高歌,消逝在天际。王维目送着那个清癯的背影,一定热泪盈眶,也一定默然无语。

以后,王维的诗清寂了,冷静了。

"独坐深林里,弹琴复长啸。深林人不知,明月来相照。"那是一种孤独的排遣,无奈的冷寂,轰轰烈烈之后的隐退。此时,整个朝廷,已没有一个人能理解他了。千古知己,只有天空上那一轮明明之月。

弹琴对月,孤身游山。只有山是干净的,只有月是干净的,只有诗人的心是干净的。

王维后期的诗,表现出一种洁净,一种和谐,一种优美。这是对外界美的追求的失望,一变而成为对内心美的渴求和构建。

在内心的静美中,诗人总是徘徊着,低吟着,"人闲桂花落,夜静群山空,月出惊山鸟,时鸣春涧中。"这已非人间之景,是心中之景的吟唱。"空山不见人,但闻人语响。返景入深林,复照青苔上。"人间的污浊,让人厌烦。心中的青苔,青翠欲滴,让人留恋。在诗人的精神深处,那儿有红花,有翠竹,有蝉唱,有炊烟。它们纯洁、自然,绝不会陷害,也绝不会谄媚。

这是山里美景,更是诗人的心灵之景。

诗人深情地叙说着那种美妙夜景,"辋水沦涟,与月上下;寒山远火,明灭林外。深巷寒犬,吠声如豹;村墟夜舂,复与疏钟相间。"景中充满了生活气息,让人陶醉。而春天之景,则是"草木蔓发,春山可望,清月翏出水,白鸥矫翼;露湿清皋,麦陇朝雊",一派生机,一派美好。谁言诗人的心已如冷灰?诗人心中,一片鸟语花香,生机无限。

即使到了晚年,诗人也没有放弃对生活的追求,对美的追求。"山中相送罢,日暮掩柴扉。春草明年绿,王孙归不归?"那种热情,那种期盼,岂是佛家寂灭之情所具有的。

诗人的冷，是对朝廷那个肮脏世界的失望。生活中，在自然中，诗人始终在以美润泽着自己的心；以自己的心，去发现自然中对应的美，以之来抵消红尘中的丑恶、污浊。于是，他的笔下，有空山新雨、松间明月，有清雅绿竹、高崖古松，有直沁人心的绿苔，有柔如丝缕的柳条。

这是一种和谐的美，洁净的美，王维在这种美里涵养着自己。

任外界浊如泥塘，诗人，在污泥中挺立，淡然开放，如夏日午后一枝洁净的荷。

敦 煌 感 怀

车如一叶扁舟，在沙海中漂浮。

有人说，月牙泉就要到了。

果然，不一会儿，就到了月牙泉边。车停下，一弯清泉就在面前，如女孩的眉目，温婉清亮，盈盈一脉。水里，有天光，有云影，还有几尾鱼儿摆着尾羽，游来游去，浑忘却这儿是沙漠。

水边薄薄的苇草，一丛一簇，营造出一片微型的江南山水。

再旁边，树林一簇，丛杂着青绿和阴翳，还有三两声鸟鸣。林荫中，有寺院，有粉墙，还有一阁高耸，俊俏而洁净，秀挺如小杜的诗。

月牙泉后，就是鸣沙山。

人踩着流沙，一步一退，登上山顶。放眼望去，只见平沙千里，浩浩无边，天圆地阔，人如一蚁，一种恓惶之情，油然而生。难怪古人漫行沙漠中，总会留下无边浩叹。其实，面对千里沙漠，谁不做如此感叹？天地广大，人生短暂，自古而今，概莫能外。

　　如果说，月牙泉、鸣沙山在敦煌风景中是小品，是绝句，是感情的铺垫，那么，莫高窟壁画则是故事，是小说，让人感激起伏跌宕。

　　莫高窟离月牙泉不远，几十公里的路程。

　　走进洞窟里，一洞一洞地游览，人已失语，已感到了语言的贫乏。面前壁上，色彩在自然地流淌；线条在自由地挥洒；微笑在轻盈地绽放。所有那个时代的生活，都在这儿重现：胡人骑着骆驼，卷须花袍，一路驼铃叮咚，走入这儿，正在小憩；二八女郎，手之舞之，足之蹈之，衣带随风，眉目温婉，正从壁画上足踏祥云，缓缓而下；佛祖合十，或单掌竖起，或双掌合拢，脸上神色淡定纯净，如午后暖阳。

　　这样的微笑，使人亲切。

　　这样的轻盈，使人优雅。

　　只有把生活过成诗情画意的人，才能画出这样的画。只有把佛放在心中，把敬畏放在心中的人，才能画出这样的画。水泥楼中，玻璃窗内，红尘滚滚中，产生不了这样的风度，这样的潇洒，这样的典雅，就如水泥地里，长不出碧绿的草芽，开不出精致的花儿一样，所以，也产生不了这样的绝世珍品。

　　这，是古人的幸运，是今人的悲哀。

　　走出莫高窟，置身沙漠中，我在自失中有一种自豪，一种沉静，一种出尘之感。

　　宇宙是永恒的；人生是短暂的。人在自然中的奋斗，总有一种宿命的悲剧。但是，就如长河落日一般，这种悲剧，不是悲伤，而是悲壮，是悲壮中呈现出的一种宏大，一种豪迈，一种壮阔。

风 月 扬 州

中国诗歌，三分美在人情，三分美在潇洒，还有四分，则美在扬州。如果没有扬州，那线装书里，该少了多少典雅，多少韵致；汉字世界，该少了多少风流，多少文采。

就这一点来说，真应该感谢扬州。是扬州，充分展现了一个民族的柔情，一个民族的细腻，一个民族的潇洒清丽。

扬州，是一首诗，典雅，自然，迷醉了几多唐人。

"烟花三月下扬州"，仅仅一句诗，引发了几多人的无穷想象。在三月里，在薄薄的风雨和蹁跹的落花中，雇一只竹篷船，飘摇而下，醉卧扬州山水楼台间，大概是当时人最梦寐以求的吧？当然，打一把竹纸伞，彳亍在扬州街巷间，或者细雨中，听鹧鸪声声，或高或低。突然，不知哪座小楼上，笛子声起，婉转悠扬，让江南游子，一时魂断，也是一种甜蜜的忧愁。

扬州，总是让唐人魂牵梦绕，总会让唐人寤寐思服，"人生只合扬州死，禅智山光好墓田"，说出了唐人的心声，也倾吐出他们对扬州刻骨铭心的不舍和留恋。扬州，是唐人心灵一个美好的结，牵牵绊绊，怎么解也解不开。

扬州，更是一首词，婉约，柔美，倾倒无数宋人。

唐人潇洒的身影刚刚离开，宋人的木屐，就已踏着满地青苔，印在扬州的山水间。宋人的吟哦，也应和着唐人的尾音，在扬州的月下风中响起，平平仄仄，袅娜不绝。

春风十里，扬州第一。无论在北宋诗人的升平歌咏中，还是在南宋诗人的凄婉哀叹中，扬州，都是文人心灵一角最美好的后花园。空闲下来，他们都会或骑马，或坐轿，或雇一叶扁舟，来到扬州，欣赏"如雪貌，绰约最堪怜"的琼花；独立小桥，在满袖清风中，品味"二十四桥千步柳，春风十里上珠帘"的美丽繁华；有的，甚或陪二三友人，徜徉山水，欣赏瘦西湖的清风，观看五亭桥的月光。

扬州的风片雨丝，扬州向晚的号角，还有桥边红药，都让诗人们魂牵梦绕，欣赏不已。

但是，这其中，最让人心为之驰神为之摇的，莫过于扬州的美女和月色。

扬州女子，是山水浸染的，文章润泽的，有一种天然美。在古诗里，或者历史深处，她们总会给人留下温情脉脉的一瞥，让人经久难忘。刘细君、上官婉儿如名花照眼，美玉映目，就连曹雪芹笔下清新婉约的林妹妹，也没忘了让她生在扬州。在别处，不配。

走扬州，走千年古城，看着这样的女子，在天青色烟雨中，在燕子来去里，悄然回头，此时，心里自会漫过一句诗："不恋单衾再三起。有谁知，为萧娘、书一纸。"扬州女子，集天下女子之温柔，汇天下蛾眉之多情，让每一个游过此地的人，无不忆起，无不在心中漫过轻烟般的忧伤。

这种忧伤，美得如云霞一般，散漫而悠长。

扬州月光，是精灵，有生命。"天下三分明月夜，二分无赖是扬州"，面对扬州的月光，诗人们感情是复杂的，有微微的妒忌，有倾心低首的不舍；更多的，则是赞美，是歌颂，是如对一个孩子般的溺爱。

这儿的月光洁净，多情，最宜于漫步。走在扬州千年的月光下，不宜于高声喧哗大声吟哦，就这么静静地走，走上大虹桥，或者渡江桥，默立桥头，体味一下好风吹衣熏人欲醉的感觉。或者，一个人，一只箫，在月光如洗的夜晚，坐在花树影里，吹笛到天明，也无不可。更好的，是驾一只小船，来到拂柳亭，看月光下柳影婆娑，净水无声；着一身白衣，放一叶小舟在湖光月色中，仰卧其中，看空中流辉如水，把空濛山色洗涤一净，毫无渣滓，也把自己的一颗心涤荡成透明的，轻飘飘的，不着一物。

在扬州月下，最韵致的事，莫过于走上二十四桥，捏一支箫，轻轻吹起，让音乐袅娜一线，在清凉的空中飘洒，上升。然后，缓缓的，随风飘摇，一直飘摇到山的尽头水的尽头，飘摇到月光的尽头。

这时,身边,如果有位心仪的女孩——扬州女子,侧耳倾听,脸上带着清浅的微笑,该多好!

可惜,这样韵致的事,只属于扬州,属于诗。在滚滚红尘中,我们再也寻不到这样美好的画面了;在终日奔忙中,我们的心已变得迟钝麻木,再也没有了这种向往。

这是一种悲哀,现代的悲哀,物欲的悲哀。

多想在烟花三月里,雇一只小船,去一趟扬州,让心灵受一次诗歌的洗礼,让灵魂来场彻底的淋浴。这样的话,再一次转身,面对这个红尘世界,大概真可以做到"也无风雨也无晴"了吧。

草 色 倾 心

草色遥看近却无,是韩愈的诗,写得很好。三月里,站在路边望去,无边的嫩绿蒙茸一片,可漫步走近,却什么也没有了。

也并非什么都没有。

细细地看,一根根草芽冒出来。我们那儿,把这又叫草针。我认为,草芽带有生命,让人仿佛能倾听到生命的叫声,唧唧喳喳一片。而草针,只是写了草儿冒出土门的样子,如一枚绿色的绣花针。两者比较,草芽富有感情,草针富有形态。而我,更倾向于前一种。

到了二三月间,柳芽鹅黄,杏花纸薄,赶时尚的女子穿上裙子时,我也赶时尚一般,走向田野,去寻找草芽的形迹,倾听草芽的叫声。

草芽的颜色,远看一片嫩绿,铺向天边,铺向人家,铺向人迹所到和人迹不到的地方。可是,到了近处,什么也看不见。

这是草芽们玩的戏法。

草芽们立在土门处，瞅着你，一星一点的，各具情态，各做娇憨，有的两三根攒在一簇，如我们小时抓石子一般；有的两两相依，如两个小孩互架着膀子；还有一根独立，如在门边等待母亲的小孩，摇头晃脑，没一刻安闲。

太阳柔柔地照着，如母亲的话一样温馨。一枚枚草芽，在阳光下伸着懒腰，或者说着悄悄话。有风吹来，婉约如箫音一样，几枚草芽在风中有韵律地晃动着身子，就如我们少年时顽皮的样子。

当然，相比较而言，我更爱看早晨的草芽。一早起来，薄薄的雾汽还没散尽，太阳就干干净净地射下来。在晨光下，远远望去，一片的露珠，密密匝匝，如蓝天的星星，闪射出七彩的光，走近了，才看清，是一棵棵草芽上挑着的露珠。那露珠一颗颗细小如芝麻，当然不能大，否则，草芽们会被压坏的，但露珠却浑圆，因而显得小巧精致。每一颗露珠都闪射出七彩的光线，一丝一丝，柔和而美丽。

草们透过露珠，也依然那么绿，绿得清晰，也绿得醉人。

这时，你静下心来，侧着耳朵，能听到草的叫声，叫得清亮，叫得惊讶，也叫得清心明目。

倾听草的声音，不能在车来车往的路边。一切的喧嚣，会吓着草们的，它们喜静。

倾听草们的声音，不能在公园，游人如织，会惊着草儿的，它们喜欢清幽。

倾听草们的声音，也不能在宾馆餐馆前的草坪上，烟酒油烟味，会熏着草们的，它们喜欢清新。

听草的声音，最好的做法，是在三月的风里，选一个洁净的日子，走入山中，找一块干净的山坡，轻轻坐下，缓缓躺下，一切的动作都不要重，也不要莽撞。

阳光，柔柔照在身上，如铺一床被子，也会让你暖暖睡去，一直睡到一声鸟鸣，把你叫醒，抬头，太阳当空，山谷空静。一种天荒地老的静，彻天彻地覆盖着你。

这时，有唧唧喳喳的叫声在耳边响起，不用找，山里没有的别的生命，只有这些草们，在轻轻地叫着，笑着，脆脆的嗓门，很嫩。

这声音,迅即漫上你的心。你,也就变成了一棵草,不,应当是草芽。

清圆的鸟鸣

春天,是鸟的世界。有时,漫步田野,柳柔如歌,花艳如笑,叶嫩如水,心想,有一两声鸟鸣,是再美不过的了。

然而,春天的鸟鸣很少听见。

小时,打开课本,开篇就是一句"春天来了,小燕子又飞回来了",这句话,至今仍在记忆的深处回荡,让人感到童年的温馨,和春天的美好。然而,在小城,燕子归来,已到晚春,甚至是初夏。时不时的,一两只燕子在空中掠过,但并不停下来,而是飞向了远处,钻入视野的尽头,炊烟升起的地方。

田野,永远是燕子的故乡。小城太闹,燕子喜静。

我所生活的小镇,燕子却并不少见,在丝雨中,在柳条间,在桃花杏花樱花中,燕子梭子一般穿过,不时洒下一两声鸣叫:唧——,那声音清亮得如恋人的眼泪,没有一星尘埃,落下来,仿佛就能长出一棵草芽,嫩黄而洁净。

燕子啄泥垒新窝,是故乡的谚语。几场如牛毛般的丝雨下过,不几日,屋檐下,就有燕子光临,一星一星的泥垒起,几天不见,就是一个精致的巢。再几天不见,巢里就会传出细嫩的叫声,新生婴儿一样,一两个小小的脑袋就会伸出巢外,怯怯而新奇地望着外面的世界。那,是它们新生的雏燕。

小巷的夕阳里,时时会见到燕子灵巧的影子,在空中一掠而过,有的站在檐头,啄着羽毛;有的停在电线上,停成几粒逗点;还有的在水面,沾一下水,表演自己的特技。

我的檐前,就有两只燕子,年年春暖花开,年年檐前垒窝。每到这时,妻子总会说，燕子又来了，是去年的吗？我坐在那看书，暖暖的太阳照在身上，看累了，又看一会儿燕子。今年，我在远方教书，不知那两只燕子还来不？来时，寻找不见我，不知它们感到孤独不？

小镇上，春天的鸟，燕子之外，最多的是麻雀。

麻雀是一种恋乡的鸟，一年四季，从不离开，即使下雪天，也是如此。它们一身灰麻色的羽毛，唧唧喳喳，叫声细碎，略显干苍。在雪地里，它们寻着食，并印下一地竹叶，一边啄食，一边晃动着小脑袋，豆似的黑眼望着人。那眼睛很清亮，如婴儿的一样洁净，不沾丝毫灰尘。

当然，还有乌鸦，是麻雀的邻居，叫声也不多好听，哇哇地叫。可是，它们从未嫌弃过小镇，留守在小镇上，就如我的父兄一般。这是最可敬的，也是最可爱的。

这三种鸟之外，还有一种红嘴黄羽的小鸟，比拳头略小，肥胖而椭圆。一到春天，就飞来了，叫声曲折婉转，吟诗一样，唧哩——唧——哩——，唧——唧哩——，在细雨朦胧中，在和煦的微风中，显得很是流畅，水一般轻快，也很好听。

小镇下面半里左右，是一个月牙形的人工湖，弯而曲折，绵延十几里，仄处几十丈。水深而呈现出豆绿色，水里有蓝天和白云的影子。我走那年，湖才修成，水中有沙洲，点点矗立如岛屿。水面上，时时有一群白鸟掠过，缩着干长细瘦的腿，拍着长长的翅膀，一下又一下，十分舒缓。有时，它们也停在沙洲上，拳着腿，像白鹭一般。但不叫，或许叫过，我没听见。

湖建好后半年，我就离开了小镇。

又是春天了，这些鸟，该回来的也都回来了吧。小镇，大概又到了鸟鸣清圆如珠的季节了吧。

 雪 天 闲 读

心很累，在滚滚红尘中。

想使负重的心歇息一下，喘口气，最好是读书。这就如山人品茶、文人饮酒一般，在茶和酒中寻一点儿轻闲，吟几句文章，吐几个平平仄仄的词语，让心畅快一下，让烦闷消解一点儿，实在是必要的。

因此，茶和酒，就成了两种文化，茶文化和酒文化。

书是文化的载体。读书，也就和茶酒一样，能够让心灵得到刹那间的轻闲，变得清白柔软，风一样舒展，月一样皎洁，阳光一样明亮。知堂老人言："喝茶当于瓦屋纸窗之下，清泉绿茶，用素雅陶瓷茶具，同二三人共饮，得半日闲，可抵十年清梦。"二三人，还稍嫌热闹，不及一人雪天读书来得清静。

一个人坐在房子里，拢一盆火，没有琐事相扰，没有领导训斥，也没有唧唧喳喳的吵闹声，实在是再好不过的读书环境。

在我，一般是星期天。

吃过早饭，妻子带着儿子去了娘家。我一个人百无聊赖，拢一盆火，躲进房内，自成一统。房内静静的，一种祥和的暖气浮起，充盈一室，让人如坐春风。心也如一朵莲花静静开放。

此时读书，无论什么书都好。而我最爱唐诗。

唐诗是中国文学的极致，意境优美，感情自然而不做作，艺术和感情达到了完美的统一，犹如纸的阴阳两面。

文学是用来表情达意的工具，并不是用来说教的。它的熏陶，应如春风化雨，水润青苗。可惜，我们人人都知道，却很少有几个能做到。这大概就是中国

文学不太景气的原因吧。现代文学中，人们喜爱周作人、朱自清、沈从文的文字，大概也是这个原因吧。

读唐人的诗句，一颗心也变得丰富起来，优美起来。自己仿佛也变成了一个白衣飘飘的书生，在二十四桥的明月中，教一群女子吹箫。月明如霜，箫音如水，几声清泠泠的笑声如月光下泛动的浪花，轻灵纯白，矜持婉约。这种笑是一种古典文化所孕育的笑，浅浅的、嫩嫩的，从淡淡的书香中过滤出来的，一点儿也不娇嗲，一点儿也不矫揉。

唐诗是一条水，在阅读者的心中缓缓流动。

唐诗中的儿女，永远是最青嫩的水草，在水光遮天中摇曳，张扬。

读唐诗就如撑一支篙，在那条月光流淌的河上溯游。

这儿有柳条如情，桃花如颊，乐声如水，月光如雪，有洁净的爱情如百合花。让人置身其中，高兴地落泪，忧伤地徘徊，无言地长吁。让人置身其中，真想在那个春风涤荡的下午，在绿草如茵的日子里，遇着一个拈着桃花的女孩，品尝一下唐人那高洁的爱情。

很想骑一匹马，嗒嗒地走过石桥，走过杏花春雨江南，走上寒山白云深处，染一身菊花的香味。

一切都是美的。美的意境，美的感情，美的人情和世俗。在那种氛围下，哪一个吐一个词语不是文章，哪一个说一句话不成锦绣？

在冬天，尤其雪天读唐诗，天也洁白，地也洁白，一颗心也洁白如梅花，沁一缕幽幽的香气，弥漫一身，也弥漫一室。

一时之间，让人恍惚，不知自己是梅花，还是梅花是自己。

夏 日 的 荷

我曾待过一个单位，一个很憋气的单位。

当时，我刚刚开始写文章，下课之后，稍有空闲，就拈一支笔，在纸上写写画画，谈生活，谈感受。还别说，真发了几篇。

正在我沾沾自喜时，却当头挨了一棒。

首先是同事，大家对我侧目而视，甚至把我孤立起来，好像我侵犯了大家多大的利益似的，甚至还有风凉话，想成名成家啦，名利观念重啦，等等。再不久，领导找我谈话，语重心长地告诉我，年轻人，应认真干好本职工作，千万不要不务正业。

我听了，低头无言。

那段时间，心里很烦闷，说实话，让我不写东西，像别的同事那样，下课之后闲聊，或者上网玩游戏，实在无异于一种酷刑。无奈之下，稍有空闲，我就会悄悄一人溜出去，到山间野地去闲逛。

从单位出去，沿大路走，不上半里，就有一个小小的山沟，一股细细的泉流顺沟泄出，潺潺湲湲，也做断金声碎玉声，可声音很小，几近于无。

水边是一条小路，沿着小路向山里走去，十几步之后，山势几折，所有的人声车声都被挡在山外。一个人静静地走，听着自己的足音，真正理解了什么是空谷足音。就在这寂静中，一池荷花出现在眼前。说是池，很小很小，不到一铺席子大。池中的水，就是沟中的溪水，用一截掏空的竹子引入，小指粗细，清亮亮的，银子一般。

池中荷叶田田，竟也挤挤挨挨，铺出一片碧绿，翠色逼人，直映上人的衣衫与眉眼，给人一种清新洁净的感觉。一片翠色中，挺立着几朵荷花，有的是花骨朵,如一个个小小立起的桃;有的已经半开,如忍俊不禁的山里女孩;还有的已开怀大笑,显露出一副毫无机心的样子。

鼻端无来由地缭绕着一种荷香,真正的水木清华之味,心在这香气中,在这巨大的空静中,渐渐消释了烦恼,变得开朗起来,就如一朵夏日午后的荷,烟火味俱无。有的只是一种物我两忘,一种淡然出尘。

我一直弄不清,为什么面对一池荷花,我会产生如此的感受,直到今夏回了一趟故乡,我心中的疑问才豁然开释,

我的家在山里,那儿山清如染、水清如画,连鸟声,也叫得婉转、流利,仿佛笛音一样,毫不拖泥带水。每天清晨早起,趁着凉风,我会一家家漫步走过,敲敲邻家的柴扉,或是随便找个童年的玩伴聊一会儿。

一天早晨,在邻家的猪圈边,我站住了。

这是一个不大的猪圈,水泥砌的,不知什么原因,没用来喂猪,而是从屋后的井旁引来一股水,筷子粗细,无忧无虑地流下来,流到猪圈里。猪圈也就变成了一方池塘,里面显得十分热闹:浮萍在这儿绿着;几茎水草,葱葱绿绿的,在池子里飘摇着自己修长的身姿;最引人的仍是一片荷,荷叶高高低低,在清风中各呈姿势:有倚侧的、有平铺的,有大如玉盘的、也有称为之荷钱的,小如铜钱,紧贴在水面上。几茎荷花冒出来,婉约如唐人的绝句,如宋人的小令,亭亭玉立,洁白清秀。由于是早晨,荷叶上还有荷花上,有一粒粒露珠,小如碎钻,如珍珠,在晨光中亮晶晶的,直沁到人的骨子里。

邻居见我看得入神,笑着告诉我,今年家里没养猪,自己看看这地方空着可惜,就倒了些土,加上前一年的猪粪,引一股水,种上几截莲菜,没想到今年竟长得这么热闹。

"在猪粪中长出,一点也没染脏。"我仔细地看看,荷花如明珠,荷叶如碧玉,洁净得纤尘不染。只看这些,如果不是邻居告诉我,怎敢相信它们出自猪粪之中?

邻居笑了,满脸阳光道:"莲这东西,别说在猪粪中,就是从更脏的地方长出来,也是干净的。"

我听了，久久不语，望着这一池荷花。

我想，做人就应如这荷一样，只要心净，放在哪儿，不一样洁净如玉，不一样心平气和淡然出尘？

心有馨香一缕，清露一朵，又害怕什么呢？

这一刻，我感觉到，我在开花，也开成了一朵夏日的荷。

人生的视角

人生的视角，在45度，这话不知谁说的，听后心里一阵豁然。

45度，做为人生的视角，真的很好。

45度，最宜于看景，让你漫步山林，抬头流云飞瀑，高树鸣蝉，一片海阔天空，浮云白日；低头草色满眼，鲜花盈目，蚁走虫闹，生机一片。

在45度的视角下观景，没有惋惜，也没有失意，抬头是景，低头也是景，一颗心就感到风清云白，水净山媚。

45度角，最宜于面对事业。

得意时，保持着一颗平常心，仍然一杯清茶，笑对日子，笑对风起云涌；失意时，又不失进取心，爬起来看看前面，道路开阔，风景优美，满眼生春，继续走下去。

忽然想起自己的一个同学，得意时，香车宝马，美人在怀。那次回到小城，见到我时，吸着烟，扔给我一支道："还爬格子啊？"言外有一份得意，一份骄傲，一份轻视。前不久，问到他时，听另外的同学说他死了，服药。原来，投资失利，血本无归。我听后一愕，心想，这是何苦？败了也未必不能东山再起啊。

说到底，这人是只能胜不能败的——人生没有通途，何必如此？

人真应该有一个适宜的视角观察一切。这视角，应该是45度。

45度视角，不会让你感到梦想的虚无缥缈，遥不可及；又不会让你忘记提醒自己注意脚下，注意未来的方向，从而路会变得异常清晰，走的也十分扎实。

45度视角，既不会让人为眼下的失败而垂头丧气，无精打采，甚至从高高的楼顶一跃而下；也不会让人在得意时鼻孔朝天，目空一切，天下老子第一。

做人，更应当有一个45度视角。

45度视角，让人既能谦虚、蕴藉，又能保持着人的尊严，绵里藏针，秀外慧中。想到这些，有时不仅会感叹于古代的人，尤其古代的文人们。

李白是那样一个极欲建功立业的人，对功名富贵汲汲以求，从未放弃，以至于给韩荆州写书信自荐，又采用终南捷径的办法，隐居炼丹，接近道士吴筠，以便于让其推荐自己。可是，他很好地把握住了人生视角，他求人，但绝不奴颜婢膝，绝不谄媚讨好，绝不因为个人的目的而放弃人格的尊严。当面对黑暗和腐败，面对舍弃人格尊严做代价时，他哈哈一笑，扔下一句千古流传的名句："安能摧眉折腰事权贵，使我不能开心颜。"

这就是诗仙，之所以是仙，因为，他能在一切权利富贵面前，始终做一个人，一个大写的人，而没有做物欲的奴隶。

45度视角，更让苏轼成为文坛上的一座纪念碑，成为一道独特的风景。

对待失败，对待迫害，对待当世人无所不用其极的打击，他如对细雨湿衣一般，毫不在心，轻轻一挥手道："回首向来萧瑟处，归去，也无风雨也无晴。"这是一种大襟怀，一种大智慧，山色空濛也好，水光潋滟也罢，在45度视角的眼光看来，绝对是一个"美"字。

45度角，让人生看来无处不美，无事不美，无物不美，无人不美。

处于美中的人，就处于光风霁月中，处于一片圣光中，还有什么忧愁的呢？

我有一个作家朋友，在一省重点中学教书，每日忙得陀螺一样，教书、备课、改作业，课余又爬格子，笔耕不辍，每年要发表五十多万字的文章，各地报刊上都闪烁着他的名字。工作时间，他忙得发疯，简直达到忘乎所以的地步；到了闲下来，又游山玩水，忘记一切，包括手头的任何工作，以及客人和朋友。

他对我说，忙时，他告诉自己，没什么，手头事情一完，就去游山玩水；闲时，他就会丢掉所有重要的事，玩得挥洒自如水流花谢，忘记一切。

有一位诗人说，我们站在未来与过去之间，站在天空与大地之间，我们就是一道风景。这话说得多好，我们站在这个点上，要看过去，还要看未来；看天空，更要看大地。那么，我们有什么理由不以45度角观看人生。

以45度视角面对人生，一半是现实，一半是梦想，从而，人生才会活得意气风发，脚踏实地。

以45度视角面对事业，成功时，知道以失败来警戒自己；曲折时，能预测的未来的熹光再现。人生才会潇洒自由，轻松适意，如风行水面，梅花映雪。

以45度视角面对别人，能给自己一双慧眼，能给自己一双火眼金睛，看自己，能看到自己的长处，更能看到自己的缺点。看别人，既能看到别人的短处，也能看到别人的特长。那么，人生不会得意，也不会失意；不会自傲，也不会自卑。

以45度角注视人生，人生如画，如诗，如一杯美酒，让人时时醺然欲醉。

村头的老井

村头那口老井，一直以来，没人知道它的岁月。

奶奶说，自己才嫁来时，村头就有了它。一次，自己洗白菜，汲水时，险些掉了下去，吓了一跳。

我听了，睁大了眼睛。

也就是说，这老井比奶奶还要老。如果是人，也已经头发花白，有了孙子吧。可是，老井没有，老井仍卧在村口。春天来了，我们趴在井口看，能看到一井的花影树影。老井的周边，花草葳蕤，树木葱茏，阴翳一片。

这些，都是老井的井水滋润的。

到了夏天，就有蜻蜓飞来，在水面上掠过，翅膀轻点一下井水，荡起一丝丝波纹。看着这些蜻蜓，我心里就疑惑：蜻蜓也口渴吗？它也喜欢喝这清甜的井水吗？

老井的水，漾满之后就沿着一根竹管潺潺溅溅流下，白白亮亮的。井边不远处，王二叔砌了一个小池，将水引进去，种了一池荷。一到六月间，一池碧绿，中间点缀着几朵荷花，白白净净的。

即使晚上，看不见荷叶荷花了也没什么。因为池塘中的蛙声呱呱地叫着，我们学它，也呱呱地叫着，相互较上了劲。

村人们夏夜里爱围着井边坐着乘凉，一边闲聊着。井里凉凉的水汽升腾上来，触在皮肤上，清凉清凉的。奶奶说，赛过城里的空调了。

我们一些小孩子闲不住，趴在井边，数星星，或者看月亮。十五的月亮可真大，圆圆的落在井里。水一漾，月亮就一晃一晃的，晃得我们唧唧喳喳地叫："月亮动了，月亮动了。"

夜深了，有人乘完凉，捎一担水回去。一瓢水舀起来，把井中的月亮舀碎了，舀成一片闪动的金光。月亮被舀进瓢里，又倒进桶里。我们又惊叫："瓢里有个月亮。"

"看啊，桶里也有。"

挑水的大叔呵呵一笑："井里也有一轮呢。"

我们低下头，果然，井里月亮又合拢了，圆圆的。一时，我们又傻了：天上究竟有多少轮月亮啊？我问奶奶，奶奶说只有一个。我说，井里有一个，水瓢里有一个，隔壁小婶洗衣盆里也有一个。"到底多少啊，奶奶？"

奶奶停止了摇蒲扇，张着缺牙的嘴，半天道："你以后读书了，就晓得了。"我知道，奶奶也不知道，她这是搪塞我呢。于是，我就很想很想上学，很想很想读书。

一次，我在井边玩，对着井里喊："哎——"井里也隐隐传来一个声音："哎——"我愣了愣，喊道："你是谁？"井里也问道："你是谁？"

我挠挠头，告诉它，我叫狗娃。

井里也有个声音:"我叫狗娃。"

它在学舌,学我呢。我很生气,向井里扔了块石头,"咚"一响,什么也没有了。我很高兴,觉得这一石头够它受得了,转身蹦蹦跳跳地走了。下午,奶奶知道了这事,很是担心,说井里有龙王爷,供我们水喝。我向井里扔石子,龙王爷生气了,会不给水的。

奶奶拿了一炷香,还有一陌儿纸,拉着我来到井边,跪着烧了纸,点上香,祷告道:"狗娃小,你老人家大人莫记小人过啊。"说着,还磕了两个头。

看到奶奶郑重的样子,我也忙跪下,磕了几个头。

7岁时,我随爸爸进了城,很少再回到老家,也很少再看到村口的老井。

屈指算来,奶奶也过世多年了。可是,有时,在梦里,我仍会看到奶奶,奶奶站在村头老井旁给我叫魂呢,一声声的:"狗娃,回来哦。"

我一惊,醒了,脸上凉凉,一摸一把的眼泪。

母亲的菜园

菜园在房屋旁边的沟里。沟不宽,有一泓水,碗口粗,日里映阳光,夜里映星星,在那儿长流着。水两边是茂草,蔓延开来,有蚂蚱跳,也有他的虫吟。

假期回去时,我会经常的站在沟边,看这一沟风景。

半年不见,再回去,这儿已经变成了母亲的菜园。水被母亲挖了一个沟,引着在山根下走了。水很白,但很窄。水里有一只青蛙咯咯地叫着,叫出一片田园风光。

沟里的草没了,沿沟的水边是平整的地,细长如带,土里没有一块石头,没有一根草芽,但虫鸣是少不了的,蚂蚱是少不了的,还多了蟋蟀,吱——吱——,

平平仄仄地叫，此起彼和。

地的最边上是韭菜，母亲在对面山上挖回的韭菜根，剪了叶埋在土里，倒上鸡粪，引上旁边的沟水，几天后，一星星嫩芽冒出，清新明媚，一片嫩黄。

我回去时，晚上，母亲剪了韭菜，炒蛋黄，让我和父亲围一壶小酒，外带一盘茄子、一盘豆角，还有黄瓜西红柿，边吃边谈。母亲坐在旁边听，不时劝我吃菜。老杜说，"夜雨剪春酒"，不知是这味不是。这味，比酒还醇。

韭菜地旁边，是茄子。茄子很胖，因为那土很肥。父亲笑说，自己几次馋了，想吃那茄子，母亲说等两天，让我回来一起尝鲜。

其实在城里，我早吃了茄子了。

可母亲不管这些，母亲总认为，自己栽的茄子更有味。

茄子而外，是辣子，是黄瓜，是西红柿。母亲每样都不栽多，只是十几棵，可是，沟里已满满挨挨都是绿叶，都是菜花，都是瓜果。

在家里仅仅待了3天，3天里，每个下午，我会去母亲的菜园转转，看看一沟的绿色，都在那拥挤着：韭菜修长、茄子叶肥厚、辣子叶青葱、黄瓜的叶子硕大。沟里的水已被绿色遮住看不见影子了，但听得到细微的汩汩声，如水在说着悄悄话。

叶子中间或紫或黄的花儿，星星点点如细碎的笑声。叶下露出辣椒茄子黄瓜，一个个如新生婴儿。

我站在地边，静静地对着这一块菜园。瓜菜在无声地生长着，无言地绿着。它们在这儿一定看到过我的母亲是怎样地松土、怎样地培苗，又是怎样上肥与浇灌。

它们用自己的绿叶和鲜花，用自己的果实，来安抚着母亲日益年老的心，回馈着母亲的辛劳和汗水，还有希望。

傍晚站在这一沟青绿中，夕阳照在一沟葱绿中，有虫鸣响起，一声又一声，叫落了夕阳，叫出了炊烟，也叫得一片虫鸣如雨。

在这一片青葱中，我忽然感觉到，自己也是一棵蔬菜，母亲栽的。

父亲的院落

　　父亲的院落在乡下，依然是矮墙，上面杂生着枯草；依然是三间瓦房，在夕阳下扯出一缕袅袅的炊烟。

　　父亲坐在院落里，抽着烟，烤着火，间或咳嗽两声，吐一口痰。父亲住不惯城里的房子，以他的话说："这哪是人住的啊，还不把人憋死？"父亲到城里来，几天之后，就腰酸腿痛，就唉声叹气，就走了。

　　父亲永远留恋着自己那三间瓦房，还有一个院子。

　　在乡下的院子里，父亲才算找回了真实的自己，才会粗声武气地大笑，才会大声喊叫邻居来喝茶，才会找年龄相当的人谈今年的雨水和收成，才会打开鸡笼，大声吆喝着鸡，才会对母亲高声说着今天要吃什么饭，放点地里长的大白菜，或者豆角。

　　在小院里，父亲永远是个主人，而不是客人。

　　春天来了，雨水一落，父亲就会在墙角空地上用棍子插些小洞，放进豆种，然后沿墙一周插上篱笆。不久，几场春雨飘落下来，父亲那些豆子，就会一颗颗破土而出，长出肥嫩的芽儿，顺着风长长长高。父亲从坡上回来，站在院子里，看着这些豆秧一根根顺着篱笆而上，伸长了身子，舒展着叶子，就会高兴得哈哈大笑，摸着胡碴：那种得意，就如面对自己的孙子一样。

　　夏天之后，院子里丝瓜拉成架，豆荚顺着篱笆爬上墙头。做饭时，父亲会踩着凳子去摘，然后洗净了交给母亲，放在锅里炒着。在放了油烧红了的锅里，豆角发出"嗞啦嗞啦"的响声，父亲坐在院子里，坐在豆棚瓜架下，轻轻地摇着蒲扇，摇出一脸的幸福。

到了秋天，院中的葡萄熟了，父亲会很认真地照看着，不许鸟雀啄食，让一颗颗葡萄珠圆玉润地鼓胀着、晶莹着，由小变大，由绿变紫、变灰，一弹一出水。这时，父亲会打电话告诉我们，让回来吃葡萄，再不吃葡萄落地就没用了。

当然，一般情况下，我们是难以回家的。不久，父亲就进城来了，拿着袋子，里面装着葡萄，一颗一颗，水灵而饱满。我们都回来了，父亲才拿出来，一串一串摆在桌上，摆得很慢，很细致，摆出一脸的成就感。

冬天，父亲会感到寂寞，没有了瓜菜豆秧陪伴的父亲，坐在院子里，就像没有朋友聊天一样，显得形单影只，显得无奈和无聊。这时，他会拢起火，坐在火堆前编起背篓，还有竹筐。竹篾是山上自栽的竹子织成的，父亲剖开竹子，划成竹丝。竹丝在父亲的手上跳跃着、翻动着，仿佛有生命的精灵一样。父亲编的竹器并不美，相反，还很难看，但耐用。这些竹器，就成了家用的东西，但更多的则送给了同村的人。父亲喜欢别人讨用这些东西，每到这时，他的脸上会露出感激的笑，用他的话说："人家要，是给咱长脸。"父亲从别人的需求中得到满足，得到快乐。

院子的外面，有一方小小的猪圈，这两年父母都年老了，不养猪了，猪圈也闲置起来没了用处。有一天，父亲闲着无事，从别处运来土，和猪粪拌在一起，然后把井水用竹筒接着引入猪圈。水并不大，筷子粗一股，日里夜里流淌着，不两天，就将猪圈流淌成了一个池塘。他又弄来几截莲菜，植入泥中，到我暑假回家，一方猪圈，竟然笼罩上田田的荷叶。荷叶碧绿如洗，轻灵水嫩。翠绿的莲叶间，一朵朵荷花洁净地生长着，有含苞欲放的，有半开的，也有全开的，一片热闹气象。间或，有一只蜻蜓飞来，在荷花上歇着，风一吹，又飘走了，只有花儿袅娜洁白。

母亲见了，笑着说："你爸啊，把院子弄得，没有一点空闲的地方。"

父亲不说话，仍在忙着。院墙一边的角落里，席子大一块空地，父亲种上了韭菜。韭菜已经长长，绿绿的，青葱而旺盛。父亲正在侍弄着它们，母亲的话，他或许听见了，也或许没听见，他侍弄得很细致，如小学生做作业一样，认真，一丝不苟。

对父亲来说,院落里的一切,都是他的作业,换言之,土地上的一切也都是他的作业。

　　永远,父亲都在做着他的作业,没一刻安闲,一直到老去,一直到离开这个世界。

第二辑 / **卧在草坡上的童年**

卧在草坡上的童年

我放过牛，两只大的，三只小的，还有几只羊。冬日里，把牛羊往阳面的山坡上一赶，自己没事了，就卧在草坪上晒太阳。

一般，牛不太跑，慢慢地吃草；羊就跑得快，不过只要没麦地，跑来跑去它也跑在草里，怕啥？到了日暮，咩一声叫，或者哞一声吼，红的黑的白的都到了眼前，一队剪影，排列着整齐的队伍，向炊烟升起的地方走去。

放牛放羊，闲着没事，我就会躺在草坡上玩儿。

我们那个村子，在一个沟里，背风，冬天里并没有北风呼呼，阳光每天都暖暖的，如一床棉被，很暖和，也很舒服。

这时，我会躺着看天，天蓝汪汪一片，延伸到山的那边，如一个无边的梦。天上有白色的一朵或者一片云，有时轻快，有时舒缓，在天空擦过。我的心也就会随着那片云飘扬，一直飘到云儿看不见了，自己也很快睡着了，直到母亲到对面坡上喊我吃饭的声音响起，才醒来。

有时，我也会躺在草丛里，嘴里咬着一茎草根，草的茎叶已死，可根部还是黄中透绿的青玉色，嚼在嘴里，有一种春天的气息，和一种泥土的芳香。

太阳下，各种声音响起，有虫子在阳光下振翅的声音，有山鸡"咯咯"地叫着的声音；还有几只八哥——一种黑色的鸟，停在牛角上，头一点一点地啄着什么吃。牛动，它们不动，牛背在草丛中隐显，如一只船，它们悠闲地坐在船头上，如一个老练的船公。当然，受到了惊吓，八哥也会一振翅飞走了，由于近，能听到它们翅膀张开来划破空气的声音：刷！很圆滑很顺畅，一点儿也不生硬。

有时，寂静中，对面山坡上，会有人翻地，吼着牛："哦——，到边，到边！"

让牛顺着犁边走。待到不吼牛了，待了一会儿，又猛地喊一嗓子："哎——，为人在世噢要学好，莫学南山一丛草，风一吹来二面倒——"前面那个"哎"和后面那个"倒"，尾音拉得长长的，一波三折，一直旋到天上，和天上的云纠结在一起飘走了。

我的那颗少年的心，也在歌声中沉浮，飘荡，没有皈依。

但最舒服的，仍莫过于在草中睡觉。

草坡上睡觉，天当被地当床，太阳照着暖洋洋，有时，我们会担心蚂蚁爬进耳朵，就弄来两个布条，揉成团塞住耳朵，然后找个光溜溜的山石做枕头，卧在草丛里安安静静睡去，睡梦中，有青山绿水呢喃的声音，有麻雀细碎的声音，有时，牛儿哞一声，或者羊儿咩咩叫几声，开始还隐隐约约地听见，不久，这些声音沉入了梦的深处，再无踪影了。

反正，卧在草坡上，我的童年总是无忧无虑，即使有时牛羊跑远了，也会被同村人发现，给赶回来，绝对不会不见了。

那么，我有什么理由不在冬日的太阳下，在满山的枯草中睡一觉呢？

那么，我有什么理由，不在无边的忙碌中写这下篇文章，来安抚一下我那一颗疲惫的心呢？

豆腐的清香

这几日心里颇烦，无聊之中，随手拿了本周作人的小品文来看看，借以消遣一下。

周作人的小品文，尤其生活随笔，很是耐读。语言随意，平平淡淡，感情如水。初品无味，越品越淳厚，很有点如豆浆，不加糖，自有一种素朴与淡然之味，非常人所能品咂的。

他的文中，有一篇《喝茶》道："喝茶当于瓦屋纸窗之下，清泉绿茶，用素雅的陶瓷茶具，同二三人共饮，得半日闲，可抵十年尘梦。"

喝茶，要有茶点，他认为豆腐干切丝很是适宜；另外，将豆腐炸成豆腐干，寸半大，三分厚，边喝茶边细嚼，最是相宜。这些都是取其素淡耐嚼。

读到这里，一时满口生津，不禁令人向往之至。

其实，周作人笔下写的，与其说是清茶豆腐，倒不如说是一种乡村小户素淡平静的生活，换言之，乃乡下平淡如水的日子。

因为，黄豆是乡村最常见的一种粮食。豆腐也就成了一种最寻常的菜。

豆腐，石磨磨的，算是最上乘，也最有味；机器磨的则次之。因为机器磨的没有石磨磨的细腻匀称，吃进嘴里，也少了一种清纯的豆香。

过去，我家就有一盘石磨，一到雨天磨子就忙起来。这时，左右邻舍总会拿一两升泡过的黄豆来磨豆腐，那时，我母亲会放下手里的活，帮忙喂磨眼。随着"咯吱咯吱"的推磨声，白白的豆浆就沿着石磨上下磨扇结合处流出来。

我们一些小孩，就在旁边叫着跳着，有的伸出手指沾一点放进嘴里，噙一嘴豆香，高兴地跑了。

磨豆腐的人磨完豆腐，回到家做了豆腐总要送一块儿过来。母亲推脱着，无论如何不要，实在却不过才无奈地接下来，下次自己磨豆腐，一定要割一块儿大的送给人家。

石磨磨豆腐的日子，已经远去，可童年的记忆仍时常入梦，豆香四溢。

豆腐做菜，可炖，可炒。切得四四方方的豆腐块，放进"刺啦刺啦"响的热油锅里，上下翻着炖，再加上葱蒜、酱油，煨好之后舀起来，一清二白的，既好看，也好吃，夹一箸放进嘴里，软软的，香喷喷的。

童年时，饭桌上有一盘豆腐的日子，是最幸福的日子。

豆腐除做菜外，也可煮汤。母亲时常把豆腐切成一寸宽、一指长的条，和粉条煮了，煮开后即吃，那味，算得食中隽品。

豆腐之外，豆浆也不错。

有人爱在豆浆中放糖，此法未免失当。豆浆加糖，糖的甜味会压住豆浆的香味。啜豆浆是品尝豆浆香味的过程。那种香味已润入水中，豆浆进嘴，在舌间一转，缓缓吞下，算得上正真宗喝豆浆的方法。此种饮法，犹如饮茶，是我爷爷告诉我的。

晴日霜后，冬天的早晨，蹲在屋檐下，拿着一碗豆浆喝下，舌头再绕着碗边扫个圈，满头大汗，满嘴清香。用我爷爷的话说："每天喝豆浆，神仙也不当。"

无论豆腐豆浆，其味都以清淡悠远见长。

进城后，我所居的房子对面有一家豆浆店。每早起来店主就忙活开了，在热腾腾的蒸汽中忙碌着炸油饼，烧豆浆。一到早晨8点，打工的、过路的、做小买卖的，都纷纷拥来，一个烧饼，一碗豆浆，吃完喝罢，微笑而去。中间，绝少有西装革履大腹便便者。

豆浆店的名字叫——平民豆浆店。

这名字很好，豆腐、豆浆，细论起来，都是平民食品，难以和鱼虾海鲜并列，然而，很多人来这儿，却吃得安闲，自在，满意。因为，他们喜欢的就是素朴安闲的生活，追求的就是洁白宁静的日子。在一盘豆腐一碗豆浆中，体会平淡生活的幸福悠长。这绝不是达官贵人在生猛海鲜中所能得到的。

所以，想起豆腐豆浆，我就想起乡下，想起乡下平平淡淡的生活。

月光的眼泪

　　我是一个缺乏音乐细胞的人,对于音乐的感知是极其微弱的。可是,听到《二泉映月》的那一刻,我的感情泛起了涟漪,一丝隐隐约约的痛楚水一样漫上心头,一波退去,一波泛来。

　　耳畔没有燕语呢喃的温馨与安恬,没有"对酒当歌"的潇洒与飘逸,没有"大风起兮云飞扬"的壮阔与豪迈。那只是一泓泉水,一泓明月照彻下静静流淌的清泉。它不同于高山流水的起伏跌宕,不同于大江东去的磅礴壮阔,不同于黄河咆哮的澎湃昂扬,也不同与秋日私语的恬淡与安宁。

　　音符如泉眼在汩汩泅漫,如泪水缓缓流出,如思念淡淡笼罩,如月光在静静流泻——

　　那该是在江南吧,一个月圆的江南之夜。

　　空寂的天宇中,一轮冷月静静地散发着清辉,把天地照射得一片清冷,一片洁白。月光下,青青的石板连成一座寂寞的小桥。桥下,泉水无声流淌;桥上,月光如泪晕染。

　　从不远处的港口,走来一位手执胡琴的艺人,破旧的衣衫,在清冷的风中翻飞;消瘦的身影,无限冷落,也无限的寂寞。

　　冷月无声,泉水无声。但他分明是听到了,听到了萦回在耳际的那一脉流水的低泣,听到了直沁入人心扉的那一抹明月的叹息。

　　他伸出手臂,张开五指,手势寂寞而苍凉,可是他摸到了,摸到了那一脉漂泊的悲凉,摸到了那一丝彻骨的沧桑,是泉水的,是明月的,更是他自己寂寞的灵魂的。

　　他无声地调动胡弦，开始了他的诉说。他是看不见的，但他又分明看见了，他看见了明明的一轮月，听到了低咽的泉水的倾诉，开始了一个流浪的灵魂寂寞的独语。

　　音符在胡弦上流淌，也在灵魂的深处开始流淌，在那个寂寞的夜里，揉碎了月光揉碎了泪水，揉碎了岁月揉碎了忧伤，也揉碎了对生活的渴望和对人世的热爱，随着泉水，一同流淌，流淌在寂寞的月夜里。

　　他在音乐中渗入了记忆中那隐约存在的小桥流水绕人家的温情与幸福。

　　他在音乐中一定回想到了曾经遇见过的温暖的目光与双手。

　　同样的，他也想到了自己如秋蓬如浮萍般辗转于人情冷漠的世间，无根无蒂的凄苦。那是与"月明星稀，乌鹊南飞。绕树三匝，何枝可依"同等的彷徨与凄凉。

　　他诉说着自己对于人生跌宕、世事沧桑的无奈与叹息。

　　或者，还有更深层次的，他是想用音乐来证明，流浪不只是一种悲苦和困顿，一种沧桑和无奈，更是一种忍耐和坚韧，一种奋进和抗争。流浪也是生命另一种鲜活的姿态，以其注定的悲情，动容天地——

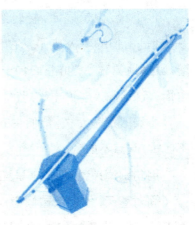

　　月光，依旧如泪；流水，依旧无声；音乐，依旧娓娓诉说着。

　　天听着，地听着，我听着。我感觉有冰凉的露珠滑落心底，溅起一圈圈波纹，在深夜的月亮下，荡起粼粼的波纹，闪射着一片一片的波光。月下的波光真美，美得如阿炳的感情一样。

　　阿炳手执胡琴，在月光的深处，孤独地漫步，月光下的身影，消瘦颀长，明月照彻着他的全身，看见他眼中，清泉，月光，在静静流淌，于是我知道，那是他心中的明月清泉，那是他灵魂的语言。

宋朝的春天

宋朝的春天，一定很美，很婉约，很温情。这些，是可以从宋代的诗歌中领略的，可惜，我们现在的人已无法消受了。

宋朝人赏春不叫赏，叫踏青，很雅致的词儿。读着这个词儿，我们就仿佛能看到，宋朝人长袍大袖，青衫飘飘，缓缓而来，或一人独行，或二人相伴，或三人一伙儿，脚步轻轻，仿佛在和春天接吻，一个轻轻的吻。

在我们眼中，山就是山，水就是水，春天就是春天。宋朝人不，他们对待春天，有些痴，有些傻，有些可笑，也很有些书呆子气。

他们说，山是眉峰，轻轻皱起；水是眼波，汪汪含情。山间如果还有座亭子，就是山们的美人痣了。在他们眼中，春天是个女孩儿，在对他们默默地笑着，默默地望着。"昨日春如十三女儿学绣，一枝枝、不教花瘦"，含羞带娇，脉脉含情。这话宋人能说出来，我们想不出，也说不出。

春天既然是女孩，他们来就不是赏玩春天。他们觉得，赏玩有种亵渎，有点不庄重，有点不尊敬。

用句歌词来说，他们来是和春天有个约会。

面对春天，他们低首倾心，用心感悟，用心领略。因此，他们也最能领悟到春天的美好，春天的细腻，也最能体会到春的深邃，走进春的怀抱。

在他们眼中，春天是羞涩的，文静的，"东风有信无人见，露微意，柳际花边"，她来的那么静，那么曼妙，那么羞羞涩涩。面对弱不禁风的春天，宋朝人尽心呵护她，怜爱她，珍惜她，重视她，花前月下，举烛欣赏，还形诸歌吟道："只恐夜深花睡去，故烧高烛照红妆。"这话也只有宋朝人能说出；这心也只有宋朝人有。今天如果有人这么干，别人一定会说他是疯子，是傻子，在作秀。

因为爱春，面对着春，他们的感触是细腻的，他们的心灵是纯洁的，无论是花香，无论是春风，在他们的眼中，都是那么美。甚至春天的雨，很有些料峭，我们用"九风十雨"来表现我们的不满，甚至厌恨。可是，宋朝人不，他们特别喜欢，就连那已经无嗔无喜的和尚，也忍不住轻吟："沾衣欲湿杏花雨，吹面不寒杨柳风。"一边歌吟，一边站在小桥上，拄着拐杖，看着雨中春景，任小雨淋湿他们的袈裟，润透他们的芒鞋。

宋朝人如孩子，为春天的到来，可以兴奋地拍掌大笑道："芳菲消息到，杏梢红！"面对满山雨雾，杨柳如烟，他们可以癫狂欲醉，举酒高唱："绿杨烟外晓寒轻，红杏枝头春意闹。"喜悦之情，难以言表。他们负笈远游，无论是漂泊江南，无论游荡塞北，也无论置身蜀山蜀水，回首处，只要有春相伴，他们就会满足，就会低吟："小巷一夜听春雨，深巷明朝卖杏花。"让每一个游子读了，心里总是升起无限的温馨。

春天在他们歌吟中，在他们的俯首倾心中，在他们的留恋不舍中，终于烟一阵雨一阵地走了，走离宋朝的天空，走向远处。宋朝人的心中充满了无言的忧伤，如梅子雨一样，淅淅沥沥没有尽止。他们徘徊中庭，静静伫立，悄声问自己，问如洗的天空，问碧翠的叶儿，问他们所能见到的任何东西，春天去那儿啦，怎么不见她的踪迹？甚至，他们根据鸟儿的行踪，来痴情地猜测道："春无踪迹谁知？除非问取黄鹂。百啭无人能解，因风飞过蔷薇。"那种眷恋，那种不舍和伤心，让人读了心为之动，鼻为之酸，泪为之流。

夏天，已经悄悄来了。宋朝人仍然站在村口，或者桥上，或者船上，或者驿道旁花亭间，默默无言，望遍凄凄芳草，望遍斜阳阡陌，寻找着春天的芳踪，哪怕是一朵零落的花儿，一声清脆的鸟唱，一根细瘦的草儿，对他们来说都是一种安慰。

可是，什么也没有。夏天，已经很深了。

宋朝人默默转身走回家里，关上书房的门：他们有一种失恋的感觉。他们把春天当作了自己的恋人。这点，只有，也只有宋代人能做到。

所以，在宋代，作为春天，也是蛮幸福的。

现在却恰恰相反，不是观景的人失恋了，是春天失恋了，所以，总会出现倒春寒。很简单，春天不愿意来。来了也是白搭，没人懂得爱她，护她，温存她。

绝境的微笑

那是一座很有名的山，叫天柱山，在山阳境内，虽然很近，我却从没去过。据去过的朋友介绍说，上面只有流云，只有松风，只有鸟鸣，如此而已。

朋友最后得出结论：盛名之下，其实难副。

最近有朋自远方来，一时兴起，相伴游山，终于走了一趟天柱山。

那是个干净的日子，东边的天空刚刚沁出明亮的鸡蛋青色，映得人眉眼皆亮。天柱山在远处，微黑一痕如碳素墨水抹就。

我们坐车到了山脚下，一人一瓶水一包食品，开始登山。游人并不多，盘曲的山道上，一点两点，小如豆粒，蠕蠕而动。山道以石头铺就，盘折回环，极尽变化，竟达万余阶。石阶两边，危峰兀立，岩硬如铁，三数棵老松，寻一抔黄土，弯曲扭结，粗如盆钵，矮如大伞，松针稀疏，坚劲如铁丝一般。

在一面如镜的岩石前，几个游客站住了，围在那儿，唧唧喳喳，有的惊叹，有的拍照，有的俯视。

我们禁不住好奇，仄着身子加入进去。面前是一陡平滑的巨石，干净如洗。岩石上有一条小小的裂缝，不细看是看不出来的，可是一星青绿竟然从这丝裂缝中钻出：怯小的叶子，枯苍中透出绿意。几片叶子间是一星鹅黄色小蕾，含苞欲放，小如火柴头。在风中，花蕾轻轻摇曳，仿佛在对着大家静静微笑。

仔细审视，竟然是一株小小的蒲公英。

这一点青苍鹅黄,让人见了,沉沉无言。一时,天远了,地远了,一切的声音都远了。面前只有这一星绿,静静地立在面前。

人也在这星绿前无语伫立。

天柱山上不缺云,时时的,云如流水、如潮头、如飞瀑,变化多姿,形态万千。这儿也不缺阳光,洁净如露珠润泽过一样;更不缺岩石,挺腰凸肚,昂首向天,娇小玲珑,清秀雅致,千奇百怪,各尽姿态。可是,这儿却缺水、缺土壤,尤其在这面光滑如镜的岩石上,无土无水,一目了然。

可是,就有一粒毛茸茸的种子,驾着清风明月,带着希望和歌声,悄悄飞来,在一早晨,或是黄昏。

它不知道,落身之处就是困难,就是艰辛,就是痛苦。

它需要土壤,需要水,这儿一样也没有。

它一定觉得,它得活,因为它是一粒种子,活是它的使命,是它的目标。极度干旱的日子,它可能放弃过,更可能绝望过,但是,最终不知是哪一颗露珠,哪一粒鸟鸣,哪一星细雨,唤醒了它,也唤醒了它心中的希望,唤醒了它作为一粒种子的梦。它告诉自己,是种子就要发芽、开花,即使是一瞬,也不枉一生。

在石缝中,它探出怯弱的根。

在干旱中,它冒出娇嫩的芽。

在焦渴中,它吐出细瘦的叶。

在艰难中,它绽出一朵小小的花。

最终,它长成了现在的样子。

它一定没想到要谁欣赏,也没想到希望谁赞颂欢呼,更没想到让谁用相机拍摄出它刹那间的风景。它站在山崖上,一定会长声嘘气:作为一粒种子,它无愧于自己的心,自己的梦。它静静地对着天、对着地,还有鸟鸣,还有风,还有内心的倔犟。

它的那朵小花,一定是自己舒心的笑。

生命,暴出一星辉煌,竟是如此艰难。

生命,只有在艰难中绽开微笑,哪怕一点,也足以辉煌天地。

这样的生命才是丰盈的、饱满的,值得俯首膜拜的。

我拿出水瓶,想倒出点水,滋润一下它的干渴。可是,我停住了,我觉得,同情它,是对它的亵渎,也是对生命的亵渎。

离开天柱山已经几个月了,那儿的云海,那儿的鸟鸣,那儿的寺庙道观,还有亭子栈道我都忘却了。唯有那棵小小的蒲公英,仍然在我的心中呐喊着,微笑着。

一时,我热泪盈眶。我倾心于生命的尊严、高贵、伟大。

上 品 茶 人

饮茶之人,可分三品。

下品茶人,重茶重器。茶必毛尖雪眉,壶必紫砂名瓷。至于水嘛,泉水为上,井水为次,河水最次。那已经不是饮茶了,是一种讲究,一种排场,一种显摆,与茶道背道而驰。

中品茶人,重在氛围。十几个人围坐一桌,一壶在前,一人一杯,谈诗论句,说古道今,热热闹闹。谈罢挥别,一揖而去,人走茶凉。这是文学沙龙,只宜于研究学问,实在不宜于饮茶。

饮茶,饮的是一种心境、一种情趣、一种悠闲。这种韵味,和陶渊明的"采菊东篱下,悠然见南山"相同,那是一种自然、一种惬意、一种清闲、一种物我两忘。

那更是一种心灵的滋润,心灵的净化。

红尘滚滚,劳生草草,在名利之中忙碌的我们,有时实在应该停下脚步,走进茶馆中,借一杯茶冲洗一下满身征尘;也借这一杯茶洗涤一下我们蒙满灰尘的心。

饮茶，不宜于在闹市，不宜于在红尘。周作人老人言："喝茶当于瓦屋纸窗之下，清泉绿茶，用素雅的陶瓷茶具，同二三人共饮，得半日闲，可抵十年的尘梦。"此老，可算深得茶中三昧。善饮者，茶不必好，解渴清心即可；器不必精，粗瓷大碗即行。但是，茶友不可不挑，满身铜臭之人，不可共品；玩弄权术者，不可与饮。否则，脏了茶。

瓦屋纸窗外，我认为，《水浒传》中朱贵酒店后楼，也实在是一个不错的饮茶之处。在这儿，一个人，一个茶炉，一把铁皮水壶，自个煮水，自个烹茶。然后坐对着远处一片湖荡，湖荡中飘过的一叶小舟，还有苍茫的一片烟水，闲闲地饮着杯中的茶水，一颗心也闲闲的，清风白云一样轻飘；就连一个身子，也轻如一片羽毛，凌空飞扬。

但是，这些只是对常人而言。心静如水之人喝茶，何处都可，何处都成，山水田园中可以，僧寮道观中可以，市井红尘中更无不可。

苏州算得一处繁华之地了。可是已故文人陆文夫活着的时候，愣是把市井当作了山林，把茶馆当作了草寮，一杯一杯复一杯，愣是品出了无限的韵味，品出了山野田园的风味，并写出一篇篇灵动的文字，滋润着一颗颗红尘之心。

据有个记者记载，一次他去访问陆老，知道的人说去茶馆了。按着那人指示，记者去了，侧着身子踅进一道仄仄的巷子，进入一道窄门，是一个茶馆。里面，人声喧闹，人头攒动。在茶馆的一个拐角，一个老头，敞着怀，一只脚放在凳上，独掌一壶，有滋有味地品着茶，正是陆文夫。此时，四周喧闹，充耳不闻。

真名士自风流，用在陆老身上，恰如其分。

一个人，能够身处红尘，品一杯茶，仗一支笔，抵挡住无限诱惑，让自己的心清如一泓湖水，净如一轮明月，洁白如雪地梅花。那才是上品茶人。

陆文夫，可算是茶仙了。

至于我个人最喜欢的饮茶之所，还是老家的小镇。

我的故乡，是个江南小镇，粉墙黛瓦，小巷弯曲，青石板上印着青苔和岁月的印痕。很多年前我教书时，每到放学时，会沿着弯弯曲曲的小巷，跨过小桥，跨过流水，走过墙头冒出一茎紫藤或一枝花儿的粉墙，在细雨中回到黑漆木门的家，坐下来，接过妻子泡的一杯茶，喝上几口，才静下心来，写一点文字。那实在是一天中最美好的享受。

那时的茶并不贵重，粗梗大叶；所用的杯是随意买来的瓷杯，几块钱一个。但是，至今想来，那茶香犹在鼻端缭绕，直沁到人的心里去了，沁到骨子和灵魂里去了。

走入小城，已经整整8年了，我没有回到小镇。

累极的时候，真想回去，沿着那青石板小巷再走一趟，再看看那墙头露出的一茎紫藤，或者花儿，然后回到黑漆木门的家，喝上一杯茶，做一回真正的茶人。

一方小小的瓷盘

案头有一个瓷盘，白色的，但又不是纯白，白中透出隐隐约约的青蓝色，如天光中透出的薄雾，如似醒非醒的梦，如淡淡的天青色烟雨。总之，青色很淡，几乎看不出。

其余，再无异色，也无其他图案。

这样最好，我喜欢纯洁、简单，无论是做事，还是对人对物，都是如此。

一日清闲，我到河里转悠，清清的水里有几颗鹅卵石，颗颗滚圆，大的如鸡蛋，小的如珠子，我拾起来拿回家，无处可放，堆垒在盘中，再倒一点水，既有山的雄奇，又有水的娇媚，一盘之内，奇山秀水，荡漾在目。写罢文章，面对瓷盘，想象中山在放大变高，水在变宽变深，自己摄衣上山，看万山红遍，暮云遍野，湖水荡漾，竟感到一身轻松，洁白如月。

不久，孩子把石子拿去，参加学校一个展览，再没拿回来。

空空的瓷盘里，只有一盘清水，泛不起一丝涟漪。

那日，写罢文章，想想，去了房边。房边有一沟渠，一泓清水缓缓流过，水虽小，却也汩汩有声，做断金声，做碎玉声，到了缓处，也聚了一个小小的水塘。水塘中有几星绿，是浮萍，有嫩绿色的，也有墨绿色深绿色的，一粒粒仿佛攒足了动，在凸显着自己的生机。

我一时震惊于这绿。

回家时，我随手捞了几星绿，放在盘中，一盘白水立马有了生机：盘是青色的，浮萍是绿色的，再加上一泓清水，洁净淡雅，如王摩诘的一首小诗。

受浮萍的启发，我又去了河里，在清清水中舀了几尾小鱼，极小极小，粗仅一线，只有两粒眼珠在滴溜溜地动。放在瓷盘里，这些小家伙虽小，却也知道甩尾，虽逗不起水花，却把水逗出一圈圈涟漪，搅得浮萍也随水波一漾一漾的。

有时，太阳光从窗户照下来，白亮亮地照在盘子上，浮萍在水中的影子形成一个个逗点；小鱼的影子淡淡的，一会儿停止，突然又像受到惊吓似的，一摆尾，钻到几粒浮萍下面去躲了起来。

瓷盘，竟成了我一方思想散步的小花园。

一日，有个搞收藏的朋友来，坐在桌前和我品茶，随意地交谈着，渐渐不谈了，眼睛盯在瓷盘上许久，赞叹道："这盘，是古物啊。"

我停了喝茶，不相信地望着他。

他让把盘中鱼儿和浮萍，还有水倒入一个玻璃缸中，然后用手巾小心擦干净瓷盘，翻来覆去地看看，又用手指敲着，当当地响。

最后，他用手机给瓷盘拍了照，走了。走时，一再嘱咐，小心，说不定一出手就是几万呢。

这一说，我拿着瓷盘手立马都发颤了，我几时一次性拿过几万元？从来没有过。

朋友一走，我马上把瓷盘小心地用卫生纸包好，装入箱中。以后写作，每次结束，我都会打开箱子，小心翼翼地拿出瓷盘验看一遍，生怕一不小心不见了，或者出现个小缺口。

人在赏玩外物时，如果不带丝毫的物欲，就会有一种轻松，一种享受，如果一旦赏玩带上某种物欲和金钱,则不是人在赏物,而是物在玩人。

一直过了半个月,那个朋友在南方打来电话,说他问了他老师,是赝品,不值钱,大胆用吧。

我心一凉,凉过之后,又一阵轻松,拿出瓷盘,把玻璃缸中禁锢已久的小生命都转移到瓷盘中,浮萍在盘中舒心地绿着;鱼儿大概觉得宽敞些了吧,尾巴甩得更欢了,竟逗起了几朵水花,溅在脸上,清凉凉的。

这一刻,我的心也清凉凉的,像它们一样欢快。

原来,一颗没有物欲之累的心,竟然如一片羽毛一样,洁净,浑不着力。

大　漠　魂

车行大漠,茫茫无际。

朋友说,这儿每一处都可能诞生过一首唐诗。听了,我的心陡然静下来,一种神圣感,一种历史厚重感,一种岁月沧桑感,悠然而生。望着窗外,望着眼前的沙漠,望着无边的天空,望着晨曦中的朦朦胧胧,耳边无来由地响起了金戈铁马声,响起了向晚胡笳声,响起了驼铃清新如水的声音。

这儿,就是大唐诗人们笔下阳关之外的大漠吗?

这儿,就是西域三十六国的繁华故地吗?

这儿,就是龟兹古乐的故乡吗?

车在晨曦中奔驰,小如一蚁。人在车内静观,总感觉到自己不是行走在现实中,而是历史中。可是,心里仍有点不足,总觉得这儿不应该只是这样。是什么样呢?自己一时也说不清道不明。

车沿沙漠驰骋，扬起尘沙，一如千年来的岁月烟尘。车窗外的风，仍是千年里磨穿金甲的风。可是，风中的武士呢，驰骋的健儿呢，他们去了哪儿？

车突然停下，不走了。朋友说："下车看看吧。"

我下车，一片荒漠，无啥可看。

朋友指指前方，朝阳初起，霞光如潮，在天际涌动。隐隐约约，光影里有黑影漫出，随着光照越来越清晰，越来越明显，如一群埋伏的武士，如一支即将发起偷袭的部队，如一队拥盾带刀的壮士，静静地、静静埋伏在地平线上。

甚至，隐隐的，我能听到战马喷鼻的声响。

金鼓息声，号角未鸣，三军将士，侧耳听命。晨光下，黑红的影子如刚出炉的铁，如锻红的钢，如无声涌动的生命之潮。

"是什么？"我惊问。

"胡杨！"

"胡杨？"我惊讶。

我们的车子又一次启动，快近了，再近了。朋友又一次停车，望着我，说看看去。

我点点头。

我们下车，轻轻的，一步一步走向那儿，走向那片胡杨林。不，不是林，这是一个庞大的军团，一支铁血的战阵，一支威武的雄师，一个永不妥协的种群。

我们走进去，脚步轻得如一片浮云，尽量不惊动他们。

一棵棵胡杨立在那儿，静静的，有的如挂剑问天的将军，有的如低头思乡的壮士，有的如横笛斜吹的甲士，有的如抽刀断水的健儿。有的还年青，青葱帅气，映一身朝阳；有的已近中年，叶脉苍劲，磨风砺沙，昂藏不倒；有的已经老去，岁月的痕迹斑斑驳驳爬上肢体，只有几支枝数片叶，预示着生命的尾声。可那叶依然高高举向天空，如一声声生命的呐喊，如一种意志在招展。

活着的，在风沙中排开阵势，即使疲乏得直不起腰，即使中心已空精疲力竭，可绝不退后一步，绝不！

死了的，仍保持着死前那一刻的样子，把每一根枯枝都高高扬起，指向同伴冲锋的方向，指向自己曾经面对的方向。多少年了，从不改变。多少年了，死的是生命；没死的是愿望，是梦想和精神。

也有的已成尸骸，即使这样，仍显示出死前不屈的情态：用手一敲，尸骨做金铁声，"咚咚"直响。

这是一群武士。

这是一群即将开赴沙场的志士，扶伤携老，没一人落伍。

这是一群经历过生死血战的将士，刚刚打退敌人的进攻。他们或立或卧或睡，略作休息。其中一棵树斜歪着，做弹奏琵琶状。旁边，几棵树靠拢，在静静地听，在享受着战斗间隙的刹那宁静。

在灾难面前，他们永远那样，竭力伸开肢体，发出生命的呐喊，抖动全身筋脉，鼓起浑身血液，去迎接风雨、沙尘，甚至岁月的刀枪剑戟。

这是一个民族的雕塑。

这是一个国家的象征。

我静静地站在这儿，心灵深处，激潮澎湃，汹涌不止。我听到了沉沉的呼吸声，听到了生命的呼喊，听到战鼓如雷号角嘶鸣。

一时，我热泪纵横。

我仿佛看到了，几千年来，先民们在历史深处，就这样负重前行；仿佛看到了抵御阿古柏时，将士们铁甲如水的背影；仿佛看到了，8年抗战，华夏各族在炮火硝烟中浴血进军；仿佛看到了，飞沙扬尘中，十万壮士解甲天山，建设边疆的情景。

胡杨林，是一个多民族组成的不屈军阵。

胡杨魂，是一个国家五千年文化涵养的精神。

如果你忘记了自己的根，如果你忘记了自己的历史，如果你忘记了一个民族在灾难面前是如何团结崛起，那么，你就独自去一趟塞外大漠吧，去看看那一片静静的胡杨林，看看那群凝固的生命吧。

这时，你的灵魂就会变得广阔洁净，广阔如无边的蓝天，洁净如澄碧的湖水。这时，你就知道，做一棵沙漠里的胡杨，真的很好很好。

羞 涩 之 美

羞涩很美，如一首含蓄的诗，供人欣赏，耐人品咂，让人低首轻吟，满嘴沁香。

羞涩婉约，如一曲箫音，回环婉转，细腻柔和，在月夜下响起，袅如一线，细似一缕，可以给人一种洁净，一种悠然之感。

羞涩是一低头的温柔，如水莲花不胜凉风的娇羞；羞涩是咬牙清浅一笑，掐一朵梅花，"倚门回首，却把青梅嗅"；羞涩是独坐闺房，帘卷西风，伊人如黄花清瘦。

羞涩是有形的，能够醉人。

西天的晚霞，沁出一丝红晕，从淡蓝色的天幕上渗出来，淡淡的，薄薄的，是天空的羞涩，让人叹为观止，无言伫立。

露珠折射出太阳七彩的光，是羞涩的，映出丝丝彩线，射出淡淡柔情，给人一种触目惊心之美，让人目瞪口呆，无言描述。

水汽氤氲中，淡淡的灯光是羞涩的，如真如幻，如梦如实，如人间仙境，如霓裳羽衣舞曲中轻纱飞扬歌曲绵绵，使人驻步不前，身为之驰，心为之摇。

羞涩更是有情态的，能够让人倾倒，让人沉醉，让人为之歌之咏之，吟之诵之。

六月的西湖，荷叶田田，碧绿一片。这时，一朵朵荷花冒出来，在风中袅娜着，摇摆着，在一碧如水的叶的映衬下，一朵朵倚侧着，羞答答的，对着熏风。多少诗中，曾出现过它们秀丽的影子，歌咏过它们的柔媚。

风中的栀子花，在如水的绿叶中，轻轻摇曳，躲躲闪闪，那种眼光迷离的样子，那种独立无语的情状，该是何等风雅，何等的韵致。

鸦背上斜铺的落日，水面上倒映的光泽，女孩脸上透出的晕红，哪一样不让人驻足而视？哪一样不让人心神颠倒？

羞涩，在自然中是一种美，一种含蓄，一种蕴藉，一种典雅。在人生中，更是一种难以言传的美，一种无以言表的内蕴，一种知错生耻的品德。

断桥上，丝雨如绵，如三月的笛声。白娘子站在飘摇的柳丝下，一把伞，一撇微笑，脉脉望向许仙，那白净的脸上，一抹晕红，淡淡斜铺，就能优美一个远古的传说，就能醉倒一方风景。

《石头记》中，黛玉依石而坐，默默读着《西厢记》，只感到齿颊生香，心神空灵。读罢，想起含玉而来的那位青年公子，一时神情痴迷，眼光迷蒙，一种少女的羞涩，漾上腮边，如霞映水，如花沾露，连红楼公子，也为之痴迷，为之癫狂。

高阁栏杆，落日楼头，是谁把箫音吹断，相思阑珊？三五月夜，桂花影中，是谁独立中宵，露冷霜寒？

情因为羞涩，才让人沉醉其中，享受着一种酸酸甜甜的断肠，难以走出。

爱因为羞涩，才欲说还休，满目蓄泪，让人执手相看泪眼，无语凝噎。

羞涩，让爱如一曲《二泉映月》，无论时间多长，无论岁月更替，它都会被珍藏在我们的心中，萍踪长存，柳影永在。

羞涩，总让我们的初恋如一朵栀子花，虽已风干，仍淡香如酒，斯人长醉。

羞涩，总让这个世界充满淡淡温馨，充满柔和的人性。

因为羞涩，当我们的行为滑出道德底线时，总会中夜自问，汗湿背心；因为羞涩，当我们的行为有悖于人性时，面对他人的审视，总会嗫嚅难言，手足无措；因为羞涩，在与良心背道而驰时，我们总会自扣心弦，十分汗颜。

因为羞涩，所以我们是人。

没有羞涩，这个世界将如一潭死水，春风也吹不起一丝涟漪。

没有羞涩，这个世界将如一片沙漠，没有轻风，没有绿草，甚至没有鸟鸣，一片窒息，一片死寂。

没有羞涩，我们的良心将结上茧花，毫无弹性，缺乏感应。

羞涩,是道德之光,人性之光,生命之光。世界因羞涩而呈现七彩希望,因失去羞涩而走向沉沦,因厚颜无耻而走向死亡。

人一羞涩,世界就美。

淡 雅 如 茶

今生和茶相约,注定无缘:每次我来时,茶还没发;我走后,茶又绿了。待我风尘仆仆再次赶回山里,茶芽已失,绿叶成荫,茶籽满枝。

混迹红尘的游子,不是来得太早,就是归得太迟。

无言独立山里,只有鸟儿满山遍野地叫着,叫出千种依恋万种难舍。只有茶树,在无边的丝雨中,立尽山头,含着不尽的情态。

茶最美的时节,总是那么短,风一阵雨一阵,已经如烟而失。

谷雨清明,也已消失在树梢的尽头。

那时是多好的节气啊:雨还很薄——不,不是薄,是嫩,嫩得如昨晚一个含情脉脉的梦,嫩得如18岁女子脸上微微的笑,嫩得如清亮的露珠和雨后的月光。

这时,茶冒芽了。那真叫芽啊,从青绿的茶枝上爆出,鹅黄色,俏俏的。随着一夜春风和春雨的滋润,茶就长长了,没展开,米粒那么大,当然没有米粒肥胖。它纤细、苗条、修长、洁净,如刚刚沐浴过的女孩,从头到脚没一点污渍,没一点瑕疵。

早晨,露珠总那么多、那么密、那么洁净清亮。每一粒茶芽上,都挑着一颗露珠。

古代的女子总在发髻上簪一朵珠花,或一支玳瑁。茶芽们不,她们挑一朵露珠,是天然的坠饰,自然,毫不做作。露珠在晨曦中,发出清淡的光,清净而明朗。

戴着珍珠玛瑙的，是大家闺秀。

茶不是的，她们，是小家碧玉。

谷雨和清明，是茶最好的日子，是茶十七八岁的年龄，是茶春情初开的时候。她们静静立在春风中，听露在呢喃，听雨在吟唱，听着她们自己内心深处春暖花开的声音。

那时，走回山里的游子，衣衫轻盈，立在茶们面前，她们一定会害羞的，会低眉敛目或悄悄侧目的。谷雨清明前后，茶的心思，总是幽香细细，春色缭绕。

可惜，每次在外的游子，总是难以归家。

再回去，茶已和瓷结合，过上了平平淡淡的日子。

茶和瓷的结合，是一种你侬我侬的两情相悦，是一种天造地设的绝配。

茶淡淡地铺在瓷杯里，兑上水，山里的泉水煮沸了，轻轻注入瓷杯中。茶在瓷中，望着瓷，慢慢伸了伸柔软的腰身，如一个婚后的少妇，含情脉脉地注视着瓷。瓷杯围绕着茶，浑厚、淳朴、诚实。

他们一定喃喃细语过。

他们一定倾心诉说着。

茶说，瓷，有你的日子，真的很好很好，很宁静。

瓷说，茶，让我们就这样平淡到老吧。

茶笑了，茶的笑总是那么雅致、含蓄，绝不大声，也绝不肆意张扬。她知道，小家碧玉的生活应当怎么过；她也知道，柴米油盐的日子应当怎么和瓷相处。

陪着瓷，茶把每一个日子过得平淡，过得温馨，过得充满诗情画意。无论是晴日的早晨，或者雪天的夜晚；无论是春日的上午，或者夏日的午后。西窗下，一杯茶，总是一个圆满和谐的日子，充满着淡淡的馨香。

茶，是少妇。

瓷，是书生。

茶水，就是那份平平淡淡雅致安详的日子。

"北方有佳人，绝世而独立。一顾倾人城，再顾倾人国。"不是歌咏茶的，茶没有那样媚,那样妖。"云想衣裳花想容,春风拂槛露华浓",也不是歌咏茶的,茶没有那么艳那么俗。"芙蓉如面柳如眉"更不是歌咏茶的,茶纯任天然,绝不修饰。

茶就是茶,如一个上得厅堂下得厨房的女子。她轻盈、优雅、含蓄、平淡,是"三日入厨下,洗手做羹汤"的新妇,是"帘卷西风,人比黄花瘦"的清雅少妇,是"挑灯夜补衣"的持家女子。

少年红颜岁月老,茶和瓷相依相偎,遥遥远去,走向岁月的那边,让我们遥望他们的背影,总感到难以企及,唯有怀念,唯有心向往之。

沿着文字的小巷

想象中,竖行的文字,总是一条条小巷,在岁月里,平平平仄仄。想象中,在书中穿行,我们都是一个个文质彬彬的书生。

有雨,在烟一把雾一把地飘,细细薄薄,散发着翰墨的清香,散发着古典的气息,也散发着杏花春雨江南的韵味。

这儿有断桥、有柳,有青年男子的敦厚,有多情女子的柔媚和聪明多情;这儿有黄梅调,在婉转的箫音中响起;有董永陪着七仙女走向他们的寒窑。梁山伯与祝英台化作一对美丽的蝶儿,扑闪着翅膀,飞入寻常百姓家,飞入一个个多情男子和女子的心中,生长出一地春草,一地露珠,一地星星似的花儿。这儿的每一个文字,都有着生命,都有着感情,都那样柔肠百转,珠泪盈然,让今天的我们,面对着她们,仿佛能听见细细的氤氲的呼吸。

这儿有笑声在荷叶丛中传来,这儿的女孩总会"芙蓉向脸两边开",可是那脸儿比芙蓉还润,还白,还水灵。这儿的女子,自然雅致,绝不做作,如风之清,云之白，水之亮，玉之透明，她们或浣衣归去，竹林深处，笑声隐约；或是站在船上，三两同伴，相依相伴；或者月下独立，思念远人，"梨花一枝春带雨"。

她们总是那么美，美得刻骨，美得醉人，美得让人恋恋不舍，寤寐思服。

走在小巷里，走在汉字的小巷里，她们总是在吟唱；或者在弹琴；或者独立在那儿，捻着衣带，远远地，站在乐游原上，或者灞桥边，站成一道绝世的风景。

她们爱弹琴，可是心里总有一个小小的秘密，为了心仪的人回头一瞥，她们会"时时误拂弦"；她们那么韵致，以至于好像不沾染人间烟火，冰清玉洁，在明月夜，在二十四桥，让一缕箫音响起，袅袅一缕，散入岁月的角角落落；她们会坐在楼头，脉脉含情，等待着远行的人，即使"过尽千帆皆不是"，可她们仍不灰心，日日在望江楼上，等待那人归去。

走在竖行的文字里，稍不注意，就会听见"吱呀"一声门响，就会伸出一张白嫩的脸儿，与桃花一样，笑对着春风，让你愣怔半晌，一直到那人关上门，一直到"笑渐不闻声渐消"时，你才怅然若失，转身慢慢离去。

这儿的女孩，如水。

这儿的男人，如竹。

他们一身长衫，骑着马，或者骞驴，坎坎地踏过江南的青石板，那是三月的下午，"跫音不响"，"三月的柳絮不飞"，可是，总有笑声会牵绊住他们的马蹄，让他们留恋不舍，忘记了"我不是归人，是个过客"。

于是，他们会找个借口，走累了，找口水喝，喝过之后，走了，还舍不下心中的梦，写一首诗："去年曾经此门中，人面桃花相映红。人面不知何处去，桃花依旧笑春风。"害得女孩相思欲绝，望眼欲穿，终于在又一个三月下午，等来了那个人，等来了他的微笑。

和心爱的女孩相识，他们会兴奋不已，难以自己。

和心中的女孩相别，他们会悲伤，会"执手相看泪眼，竟无语凝噎"，离别之后，景色依旧，可花色惨淡，月光淡然，"今夜酒醒何处，杨柳岸晓风残月"。他们想入非非，会让鲤鱼捎信，会让鸿雁传书，把自己的愁思，自己的爱情，回环曲折，一唱三叹地写出，让接到信的人流泪，也让后世读到这些话的人泪下沾襟。

一个个方块字,如一块块砖,砌成了一条岁月的小巷,也砌成一条文化的小巷。在这条小巷中,有平凡夫妻,多情男女,"人歌人哭水声中",让我们隔岸听去,一颗心,飘飘悠悠,飘向远方,飘向那个充满着美,充满着诗情画意的地方。

这儿是人性的后花园,更是英雄逐鹿的赛场。

这儿有"大漠风尘日色昏"的浩浩无边,有"千树万树梨花开"的雄奇,有"长河落日圆"的无边,有"回乐峰前沙似雪"的广阔无垠,有"甲光向日金鳞开"的骇目惊心、这儿有鼙鼓声声,有号角连天,有戈矛映日,有铁甲如水,有将军的呼喊,有健儿的啸叫。

走在这样的文字中,我们的血,总会沸腾,总会呼啸,总会掀起12级风暴。

当我们听着《阳光三叠》的乐音,听着"大江东去"的怒吼,听着诗人草堂长叹,塞上低吟;听到牧童的笛声,采莲女的歌唱,我们就会迷醉,迷醉在这样的文字中。

当我们在沈从文湘西的山歌中,朱自清清华园的荷香中,周作人笔下淡淡的茶香中,徘徊往复,捻须伫立时,我们总会倾倒,倾倒在这样的文字中。

这是怎样的文字啊,她滋润着我们,如三月的细雨,淅淅沥沥润物无声。

这是怎样的精灵啊,她辉映着我们,如十五的月亮,圆圆满满清清白白,没有一星渣滓一点污秽。

沿着历史的竖行文字,沿着文化的巷道,我们一步步走来,我们高雅如月,柔韧如竹,纯洁如梅,是因为有一这样的文字,有屈原的文字,有李白杜甫的文字,有苏轼的文字和文天祥的文字。

这些字,一个个融入我们的血肉中,须臾不离。

山水孟浩然

　　襄阳的山，一定峭然如眉，微微皱起，打着一个个的摺，西子捧心一样；襄阳的水，一定波光闪烁，清亮亮的，泛着无限的情意。襄阳的山水，一定都款缓相连，平平仄仄地押着韵，因为它们倾听过诗人的低吟，诗人的高歌和诗人的琴声。

　　是的，走在襄阳山水间，撑一只船，在春天的清新中，夏天的苍翠中，秋天的婉约中，或者冬天的素净中，慢慢的，慢慢地沿江航行，站在船上，背着手，欣赏沿江景色，你的耳边一定会漫上一声声淡雅的吟哦。那一声声吟哦仿佛也带着平仄，在耳边间悠扬，在山水间回荡。

　　那是诗人的吟诵。

　　在襄阳，在山水间，在白云里，在小村里，只有诗人的吟哦，才能和这山水相配；也只有这儿的山水，才能和诗人清逸的身姿相衬相映，浑然成诗。

　　"襄阳好风日"，襄阳的景色，永远让后来人无言徘徊，捻须仰望，难以离去。因为一千多年前，这儿来往着一个人，一个青衫飘飘的诗人，一根竹管笔，指点山水，醉倒后人，醉倒整个诗歌。

　　那人，飘然来去，如一片白云，悠然无痕。

　　那人，清静自然，如一潭水，清波荡漾，流光脉脉。

　　那人，洁净舒展，如一轮月，高挂天空，映白整个唐朝诗歌的天空。

　　这个人就是孟浩然，唐朝的孟浩然，诗歌中的孟浩然，中国文化的孟浩然，汉字世界里的永远的孟浩然。

二

那是一个诗的时代，一个文化灿烂的时代，一个个文人，站在离亭旁，站在木桥上，骑着马，或步行，漫步在斜阳古道，或彳亍在江南山水间，随嘴吟哦一句诗，就会倾倒后世，醉透历史。

今天，仰望那个时代的天空，群星璀璨，熠熠生辉。

孟浩然，是其中最亮的一颗，最为闪耀的一颗。

唐朝的文人，腰杆铁硬，不弯腰，不谄媚，因而，他们的诗歌也个性张扬，风度潇洒，如月行云中，花映水面，千人千面，摇曳生姿。

这其中，孟浩然的更独具面目，独具特色，如清风夜雨，芭蕉风中，船行水上，雾漫红叶，洒脱，自然，淡雅，悠然。读孟浩然的诗，让人仰头古松，意游神外；登高长啸，身心飘然；更让人脱身红尘，心如青莲。

孟浩然站在诗国里，笔意挥洒，风采飞扬，把他的感悟，他的热爱，他的心情，他的思索，一一形诸笔端，落墨纸上，让我们读他的诗歌，就如行走在山水间，或置身于田园中，不思归去。

在春天里，在雨后，听见鸟鸣，看见花落，他会在诗里喊着我们，微笑着道，别睡了，快起来，一夜风雨间，瞧瞧，花落知多少。当我们抬头，当我们回首窗外，那人早已在满地落花中悄悄走远，走进岁月深处，走入落花飘飞中。

在清夏之夜，一轮月亮白白升起，月光如水，洗亮了山，洗净了水，还有人家，还有房子。这时，搬张竹椅，坐在院子里，听着远山的鸟鸣一声声传来。露水升上来了，一滴滴如萤火虫一样，点缀在树林间，枝叶里，我们的心中，会无来由地漾荡出一句诗"荷风送香气，竹露滴清响"，本来院子里没有池塘，没有荷花，可是，我们的鼻子边，无来由地萦绕着一缕荷香，掺杂着月光水色，迷醉了整个夜晚，还有一颗为诗飘摇的心。

远游时，远离故乡行走异乡时，读到"时见归村人，沙行渡头歇"，游子的眼前，故乡的炊烟，乡村的俚语，家人的面孔，都会一一浮现眼前，让人泪光潸然，乡思欲绝；读到"樵人归欲尽，烟鸟栖初定"，隐藏在内心深处的少小回忆，牧人的山歌，还有当年自己砍柴时，走在故乡小道上稚嫩的身影，都一一走入眼前。

孟浩然啊，永远用诗歌逗惹着我们，逗惹着我们的乡愁，逗惹着我们的思念，逗惹着我们对故乡山水的爱，逗惹着我们对生活的无尽情思。

走离田野，走离宁静，带着满心的欲望，还有红尘，当我们走进都市，走进灯红酒绿时，孟浩然站在远处，站在白云缭绕的地方，或者坐在古松下，一声声吟哦，在呼唤着我们，呼唤着我们变形的精神，呼唤着我们丢失的青春，还有乡村留给我们的一切。

当我们远行时，他以"开轩面场圃，把酒话桑麻"，提醒我们，让我们闲暇时，别忘了回去走走，看看土地，亲近庄稼，亲近我们生命的根。

当我们迷失心灵的时候，他用"我家襄水曲，遥隔楚云端"，点拨我们，让我们在异乡的土地上，在酒杯筵边，还记得有一处地方，收藏着我们的良心和我们心灵的归宿地。

当我们竭尽全力，在名利的高峰上，在红尘的仄道上，白刃相向，白眼相向时，他用一句"看取莲花净，方知不染心"，让我们无言独立，徘徊中庭，心胸豁然一开。

孟浩然，总是一个智者，在生活中，用他的诗在度化我们，度化迷入红尘的现代人，让我们借一首诗，浇灌一下心灵，冲洗一下精神的污垢，还有灰尘。

三

襄阳山水中的孟浩然，一定是着青衫，蹬布履，携朋友，风度洒脱，恍如神仙，不然，他写不出"北山白云里，隐者自怡悦"的洒脱。

襄阳山水中的孟浩然，一定心无旁骛，息影山林，弹琴长啸，漫步小路，"岩扉松径长寂寥，唯有幽人自来去"，幽人的身影，在月下，一定身心如水，一片洁白。

因此，一直以来，我们不敢直面襄阳，因为我们怕自己污渍满身，愧对孟浩然的山水，愧对"江山留胜迹"的砚山，愧对"鹿门月照开烟树"的深林，愧对"相望始登高,心随雁飞灭"的襄阳蓝天,更愧对"松月生夜凉,风泉满清听"的襄阳碧水。

孟浩然的襄阳山水诗歌,永远让我们自失,让我们检讨,让我们揽镜自照,叩问心灵。

在细雨之夜,或者在夏日午后,挑选一个心情极好的日子,坐在竹林里,或者紫藤垂垂之下,读孟浩然的诗歌,读"回潭石下深,绿筱岸傍密",我们的心,会涤荡着一片绿,荡漾着一片翠色;读"东林精舍近,日暮空闻钟",我们的思想,就会化成一朵莲花,不染灰尘,不带污垢,映水盛开;读"回瞻下山路,但见牛羊群",我们的记忆,就会走在山野小路,唱着童谣,踏着满地虫鸣回家。

生活在孟浩然的笔下,总是那么美好,那么多情,那样的滋味无穷。

唐代诗人,一个个骑着马,或者驴子,走在阳关道上,或者长安柳荫里,为着功名,为着"我辈岂是蓬蒿人",为着"收取关山五十州",为着"天下谁人不识君"的目的,积极奔走,上下追求,只有孟浩然转身而去,走入高山,走入白云,走入山水田园,领略着生活的美好,领略着生活的精致。

当别人"朝叩富儿门"时,他却驾着一只小船,在月夜里慢行江面,抱膝独坐,在"野旷天低树,江清月近人"中,体味一种孤独,体会着一缕剪不断的乡愁。我们,在红尘中早已没有了乡愁,没有了忧伤,没有了一缕扯不断的挂念。

当别人腰金衣紫,"数问夜如何"时,他"开轩卧闲敞",蒲扇轻摇,衣衫飘然,闲逸洒脱,不受丝毫羁绊,没有一点压力。今天的我们,再也难得舒心一笑,或者泡一杯茶,在西窗下,慢慢地品着生活的悠然。

当别人雁塔题诗,"一日看尽长安花"时,他抱着琴,闲着心,走向茅亭,或者故人的山庄,喝着酒,弹着琴,援笔而书,歌咏心怀,"半酣下衫袖,拂拭龙唇琴。一杯弹一曲,不觉夕阳沉",然后,在夕阳下,缓缓归去,走入暮烟深处。

生活的情味,生活的精髓,总是最淡然、最朴素的。朴素的生活,滋味无穷,淡雅悠然,如一朵山涧雏菊,如一串栀子花香。

四

孟浩然的诗,是唐诗的异数。孟浩然,更是唐人的异数。别人以感情写诗;孟浩然则是以人格写诗。

孟浩然注定是山水的,是田野的,是乡村牧歌的,是春花秋月的。因为,他是孟浩然,是"红颜弃轩冕,白首卧松云"的孟浩然,是"醉月频中圣,迷花不事君"的孟浩然,没有一丝通融,没有一点谄媚。

古人记载,孟浩然在王维府上,突遇玄宗皇帝,玄宗让他读诗,他没读别的,偏偏选中《日暮归南山》,待到歌咏到"不才明主弃"句,唐玄宗非常不高兴,变了脸色道:"卿不求仕,而朕未尝弃卿,奈何诬我?"一气之下,挥袖而去。

唐代诗人,唯有孟浩然能这样,能当着皇帝的面,把自己的牢骚,自己心中的不满,毫无保留地倾诉出来,这是一种不畏权力傲视高行的人格,一种白眼权贵的精神,一种威武不屈的气概。

孟浩然注定要独树一格,要承前启后,要在唐诗中竖起一座纪念碑,因为他是那样的高洁,那样的淡然,"灌蔬艺竹,以全高尚",容不得半点污渍,做不出半分卑躬屈膝相。

他是山水中的一只白鹤,羽翼雪然,纤尘不染,拍着翅膀,在唐代的山水间,盘旋飞舞,寄情高雅,毫无世俗之心,毫无鄙陋之态。

他是雪中的一枝梅花,迎寒摇曳,临风沁香,在唐代的诗歌里,骨气凛然,直挺峻峭,从不卑躬屈膝,从不谄媚讨好。

他是万顷碧叶间的一朵荷花,雅致清纯,一任自然,虽然孤独,却心灵依旧,不受外界沾染,不受红尘污浊。

他注定要光大一个诗派,因为他是山水的知音。

他注定要做为生活的智者,因为,他默默地感受着生活的美好。

他注定会成为大唐诗歌的先行者,因为他的人格,他的风范,他的学识,卓卓如竹,矫然如松。

今天,孟浩然已经越走越远,走入千年竖行的文字中,走入水墨风景中,走入江南山水间,走入岁月云烟里。面对唐诗,面对着他在唐诗中驾一叶小舟越走越越远的背影,现代人,唯有低吟着那句"孤帆远影碧空尽,唯见长江天际流"的古诗,来轻轻地对他挥别,挥别……

盼　年

年是一种思念,一种渴盼,一种情结。年是游子心里挥之不去的安慰。

年,总在乡村里,在古风中,在游子心灵的角落里。

每一年,我们总没停住脚步,总会打好包袱,收拾行李,挥挥手,离开年,一步一步,离开那个鞭炮噼啪的日子,离开那个大红灯笼高高挂起的日子,离开"恭喜发财",离开合家团圆,离开亲朋好友,离开年迈的父母,走向远方,走向陌生的地方,远离了年,远离了乡情。

在都市,在红尘,我们如一个陀旋,奔走着,旋转着,没有歇息,没有空闲,甚至没有停下来喘息的机会。

暗暗的,我们心里存在着一个希望,就如暗夜里,拢着一盏灯——这盏灯,就是年。

无论我们走多远,也离不开年,就如我们离不开故乡,离不开亲情,离不开母亲,离不开山歌乡俗,离不开我们发芽生长的地方。

人也是一种植物,土地是母亲,年是土地给我们打下的印戳。就如我们是母亲生的,我们的乳名,是母亲盖下的印戳一样。

旧年离开,新年站在村口,站在岁月的边缘,陪着母亲,陪着故乡,一天天等着我们回去。

一年三百六十多天,一个圆是三百六十度。母亲,还有故乡,还有亲情,是年的圆心。我们走,不停地走,可是我们的心,永远在绕着那个圆心转,永远走不出那块土地,走不出那方亲情。

走了三百六十多天,我们累了,要找个码头歇歇:游子是船,扯一帆风,在事业的风口浪尖,就如秒针绕着表盘一样,一刻不停。终于累了,想停下来,借一杯茶浇一下身上的征尘,也润泽一下枯槁的身心。

年是驿站,是码头,是心的停歇地。

客舍青青,柳色清新,只能供我们一杯酒,忘却心灵暂时的劳累;灞桥曲折,一水映天,我们折柳,我们送别,只能安慰一下我们瞬间的辛劳。

这些,仅仅如一滴露,润泽一下我们的心;如一盆火,稍解一下我们的寒冷。而年,是我们的希望,我们的期盼,她能清洗我们心灵一年积累的灰尘。

年,一天天靠近。

我们的心,一天天急迫。

走向新年的路,和故乡的路一样蜿蜒曲折,一直伸向山里,伸向白云的深处。

走向新年的路,和思念一样长,一样弯曲,一样的柔肠百转,牵心挂肚。

乡村的路,积雪早已融化,天空格外干净,阳光特别明亮。远山的线条,变得柔软了;檐下的鸟鸣,变得更加得快了;岩间的野桃花,张开了笑脸。

一切,都早已准备好了。

最爱吃的爆米花,娘已炒好,装在袋子里,散发着香味;熬的红薯糖,已经浓稠地琥珀一样,甜甜软软的;过年的豆腐,已经磨好,压着呢。

娘站在年边上,站在村口,站在亮亮的阳光下,站在游子血脉的根茎上,在远远地遥望着。

走,回家过年,过娘的年,过故乡的年,过亲戚朋友的年,过欢声笑语的年,过和谐团圆的年,过大红对联大红灯笼的年。回到乡村,回到那棵大柿子树下的屋子,过年。

一年了,我们平平安安,问心无愧,无愧于这一年,无愧于娘,无愧于故乡。有这些,就足够了。

现在,让我们微笑着回家——过年!

寒 九 童 谣

冬至一到，早晨起来，东边的山，就显得寒颤颤的。说话时，嘴里一缕缕雾气冒出，袅袅的，如烟囱一般。尤其戴眼镜的人，从户外进屋，镜片蒙蒙一片，什么也看不清。

冬至以后，天越来越冷，再过八十多天，才会春暖花开，春风醉人。

这八十多天，就是数九寒冬，有人也叫数九寒天，就是母亲教我童谣中那段"数九歌"中的日子。

"一九二九，不伸手"，当然不伸手，伸出去，冷得就缩回来了。那时，一早我去学校，母亲用火笼拢了火，我提着，一路捧着火笼，火旺旺地烧。可是，总要换着手提，不然，一只手烤熟了，另一只冻成了冰坨。

火很暖，但鼻涕照样流得老长，吸溜一声又缩回去。

到了"三九四九"，就"冰上走了"。真的冰上走哎。那么长的河，都冻上了，白白的冰，还有冰花，射着人眼睛。我们不怕冷，掰了冰柱子，在嘴里舔着，有滋有味的。当然，不能让母亲看见了，会挨骂的。冷不冷？冷死了。活该，再玩冰打死。母亲说。

母亲话音还在耳边回荡，我已经一跳，跑进了40岁的门槛，时间真快！

"五九六九"，风仍硬，扎着脸，但较以往软乎点了，我们可以到"河边看柳"了。河边的柳树，在我小时，还很多，一棵一棵的，合抱粗。柳条一软乎，就冒出一颗颗鹅黄的芽苞。母亲说，不叫芽苞，叫柳眼哎——柳有眼哎。

母亲说话真逗，柳咋有眼？

多少年后，我才知道，柳眼是一个多么富有诗意多么人性的名词啊。从大字不识的母亲嘴里吐出，竟那么自然那么流畅，纯粹是从善良的心中流出，毫无装饰。

后来地分给私人了，柳树荒着地，都让砍了。河边光秃秃的，五九六九再来时，现在的孩子看什么啊？他们的母亲会教他们"柳眼"吗？

有柳的童年，多幸福啊，今天，我童年的梦里，"依旧烟笼十里堤"，都是因为柳树，都是因为母亲。

"七九"左右，河水就叮咚叮咚响了。我们哪河床平，水是哗哗哗地响，从此白日黑夜地流淌着。母亲过河时，会抱着几块石头放在水里，作为桥，一早一晚，母亲的身影就会出现在桥上，背着我，我流着鼻涕和母亲的影子倒映在水里。

母亲的背也是桥，年轻时直，驮着我；现在弯了，更像桥了。

"八九雁来"，春天也就到了。那时，大雁会排成"一"字形，或者"人"字形，在瓦蓝的天边，远远飞来，和几朵白云相伴。母亲望着大雁，会发出"唠唠唠"的叫声，她说，这样一叫，大雁就认识家了，就停下来了。我也学着母亲，"唠唠唠"地叫着，声音悠长洁净，划过童年的早晨或者黄昏。可是，大雁没停下来，远远飞走了。后来，再也没回来。到现在，再也看不见了。

只有瓦蓝的天空，还像童年那样。可是，我已经远离故乡了。现在的母亲，还站在野外，还"唠唠唠"地叫吗？真想化作一只大雁，展着翅膀飞回去，在母亲的叫声中，悄悄敛翅落下，落在故乡的土地上。

九九一满，大地回春，所有的草都绿了吧？所有的花儿都开了吧？所有的山都青了吧？所有的土地，也都变得软乎了吧？这时，"耕牛遍地走"，犁铧经过的地方，黄土翻起来，沉寂一冬的土，冒着热气，散发着清新之气，萌动着生命的气息。

这些生命，都是冬天的馈赠，是冬天的孕育啊。

春，原来是冬的儿子。

这时的母亲，就会跟在牛后面，碎着土块，或者撒着种子，有时，也会站起来，望望远处的山，还有近处的房子。有时，她会站在高高的坡上，手搭在额前，向远处望。她是在遥望冬天的背影吗，还是在遥望远行的儿子。

一个个的数九寒天，就这样在母亲的遥望中远去；一年一年，就这样在数九寒天中远去。

一生一世，没有别的愿望，我只想做一枝柳，永远青葱在母亲童谣的河边。

散 步 小 记

散步,关键在于一个"散"字,随意行走,没有目的,没有指定路线,想去哪儿就去哪儿,想看什么就看什么,优哉游哉,好不快活。"行到山尽处,坐看云起时",是说尽了散步的妙处的。

旅游,就不如散步舒适。旅游,虽也是看山赏水、临风品云,可急急忙忙行去,如赶一个约会,怎如散步潇洒,又怎能如散步闲散? 这其中之味,悠然神会,散步者实难对外人言。

我就是一个散步爱好者,尤其爱一个人慢慢地行走,没有言语,没有吵嚷,甚至是微微的咳嗽声也无。不为别的,单是为了享受散步的那一份韵味、一种宁静之气。

早晨,我经常早起,漫步草坪,看草尖上的露珠,露珠中闪烁的亮光,亮光中一丝丝氤氲的清新水汽。这时,东边的天空,一缕缕玉白的颜色从蛋青色中泛出来,湿漉漉的,沁着一痕水光,一痕白露之汽,清凉凉的,淌到对面的山头上,山头也柔和得如一匹绸缎,缥缈、柔软,如昨夜似有似无的梦,让人产生想用手摸一下的想法,却又怕触手即失。

有人把这种色叫鱼肚白,不像。细说,它如玉。为什么不叫它玉白绸纱呢? 多韵致,古诗词一般的典雅。

到了上午,尤其是山里老家夏日的上午,一个人无事,穿一双拖鞋,沿着溪水走着,也是十分惬意的。山里的水干净得如清风明月过滤过一般,能照得见人的心灵,一漾一漾的,是最明媚的眼睛。轻轻地用手一捧,喝进嘴里,满颊都是花的香味、山的影子、鸟的鸣叫。一个人也仿佛荡漾成了山里的一线山泉,林里的一声鸟鸣,水潭里的一茎小草,无限地舒展,无限地碧绿,也无限地自然,这是山外世界所感受不到的。

当然,累了也可以躺在潭边的沙滩上,静静地拿一本书看看。山风软软地吹着,很细腻。人在风的抚摸下,慢慢睡去。一觉醒来,阳光的斑点透过叶片洒在身上,白白亮亮。站起来衣袖一抖,浑身都是山里落花的清香,钻入鼻端,洁净如麝香,清凉如冰雪。

下午,尤其是所有的工作都结束之后,我喜欢一个人慢慢地踱上原野,找一块大石,静静地坐着,看天边的云慢慢地游动,一直游到西天边,幻化为无。我的心这一刻也游到了西天的尽头,一直游到家乡的那畔去了。心会微微漾起一丝酸楚。我想,这大概就是古诗中所说的乡愁吧。

如果有火烧云,我会一直沉浸在火烧云紫红的霞光里,如一尊雕塑,一动不动,任风灌凉我的衣袖,任我的四周变成洪荒之世。四周沉静下来的时候,我的思想展开翅膀,噗噜噜地乱飞,驮着一抹斜阳,飞到古人也达不到的意境中,在那儿体会一种悲怆,一种孤独。

闹市中,只有名利,没有美,也缺乏诗意和妙悟。只有在散步中,在静野里,人才会感悟到人生的真谛和妙理。

每一次散步,我都会在山水间丢弃很多很多东西,同时,也捡拾到很多很多东西。

秋 虫

秋虫声响了,又到了秋天。

坐在深夜的楼上,四周是洁净清亮的宁静,劳累远去了,疲劳沉淀下来。这时,乡思如水泡一样,一个个泛上来,一会儿工夫就弥漫了整个心室、整个灵魂。秋虫声也就是在这个时候响起,虫声细腻婉转,仿佛透过大山的缝隙渗透出来的泉水,又如一颗颗漂浮在绿叶、青草、花蕊上的露珠。一切都湿漉漉的,能沁的出绿来。

这秋虫是促织,还是别的什么,我不知道。但我能想象出它鸣叫时的样子,长须摆动,伸展着颀长的腿,一声声歌吟就如水一样流淌出来,溅湿了异乡人的思绪。难怪在古诗词中,流离异乡的人总会首先听到秋虫的鸣叫。

听到秋虫鸣叫的那一刻,我仿佛不是置身在这座小城,而是在乡下,正挎着筐走在田埂上。炊烟升起,在黄昏中一缕直上,悠然而温馨,母亲的呼唤声也随之而来,绵软而悠长。田埂两边是细碎的花儿,中间夹杂着同样细碎的虫鸣,一声又一声,叫的舒适而自由,一点也不感到拘束。

虫声清亮,水洗过一样纤尘不染,那声音绝不做作,不哗众取宠,时而舒缓,时而急促,时而悠扬,时而低沉,把人的心熨帖、平展,毫无沟壑。虫声仿佛又带着感情,一会儿是低低的倾诉,凄凄切切、婉转缠绵;一会儿是扬声嬉闹,高亢响亮、充满喜悦;一会儿又低到难以听清,细如游丝,可那丝线却又怎么也扯不断。虫声停了,也许累了,也许已经把自己的感情抒发的淋漓尽致。

窗外是水汪汪的月亮,是一种古诗词清洗出来的月光。走出去,清风吹衣,也吹皱了一泓月光,在一片片树影下晃动。月光下听秋虫的鸣叫,心就等于回了一次家。

月光依旧,虫鸣依旧。故乡,也在虫鸣中依旧吗?

第三辑 / **又见柳色上衣来**

怀 念 散 淡

　　散淡很美,美得如门前菊花;如山顶红叶;如红叶丛旁,一挂缓缓流淌的瀑布。尤其在忙得死去活来的时候,那种思念更是汹涌地漫上心头,让人直想落泪。这时,就有一种美好不再、岁月难回的愁闷。经常挟裹在来来往往的人群中,为生活、工作奔波的时候,偶然一回首,目光又回到过去的日子,回到小镇的生活。

　　小镇在记忆里没有模糊,反而日益清晰。此时,小镇四周的山上一定又抹上了一层脂红,在薄薄的雾里红得风韵绰约。小镇四周的山并不高,层层叠叠,如女人的秀眉微微皱起,皱得让人心疼,让人想去抚摸,想去安慰和呵护。

　　四周的山围起的小盆地里,拢着黑瓦白墙,拢着小巷人家。漫步在小巷中,尤其是秋雨中的小巷,心情也潮潮的,湿漉漉的,但很清闲。雨中有风,轻飘,柔软,如女人脉脉的目光;流淌在人身上,让久久疲惫的行人,直想卧在风中流一通眼泪。树叶一枚又一枚慢慢地飘落,那种悠然的闲意,只有一颗闲散的心才能体会得到。山上的寺庙里,总会传出木鱼声,把秋敲出一圈又一圈波纹,荡漾在空气中,也荡漾在人的心上。那时,我就在这个小镇工作——教书。每一次上完课,改完作业,我就会走出去,一个人默默地揣一怀清闲或寂寞,慢慢地走上山去,或沿着河边漫步。小镇的山上,尤其山的皱褶里,总会藏着一户户人家,走到近前,才突兀眼前。一声鸡鸣,或一缕炊烟,让人感慨良久。屋门前,有时会走出一个女子,细细的腰肢,柔柔的语言,让人好像来到了江南。

　　小镇就是一个玲珑的江南。一个镇子五条水,白白亮亮的,把水的风韵,水的娇柔,水的柔媚,刻画到了极致。到过小镇的人总是说,小镇的女人是小镇的水淘洗出来的。而我却认为，小镇的水是小镇女人映射出来的。只有这样的水，才有这样的人。也只有这样的人，才配这样的水。这就是小镇让人魂牵梦绕的原因。

能不忆小镇？

青葱的日子

久雨初晴的早晨，天边泛起一痕微微的红韵，会让我内心充满感激。

一粒露珠挂在草尖上，在夕阳下折射出一丝丝光线，会让我由衷的喜悦。

面对着路边一朵含苞欲放的小野花，我会不由自主地蹲下身来仔细地端详。

蝴蝶翻飞，杨花飘扬，蟋蟀长吟，苔藓浸阶……都能让我沉浸其中，心地清爽。

真的，这一切都是那么可爱，可爱得让人说不出原因。

记得一次成人高考之后，我回到家里，是个星期六的晚上，由于十分疲劳，我倒头就睡，一觉醒来已是第二天早上十点多，睁开眼，太阳光早已爬上了窗帘，映在房内一盆兰草上，草儿细长的叶子显得格外青葱水灵。起床之后我拿一本书走到阳台上，正是秋天，天蓝得如海，太阳光水洗过一样明亮干净。一阵微风吹过，树叶飘零，其中一枚杨树叶从树梢头飘下来，轻悠悠的贴着我的脸颊落下，那轻柔的感觉，如无言的抚摸。

我双手轻轻一合，将它夹住，嗅了又嗅，那种树叶特有的香味一直如我肺腑中。

这一刻，我竟无来由地沉醉在一种幸福之中，默默的，鼻头有点发酸。

这就是生活吗？我暗暗自问。是的，这就是生活。

生活，总是美丽的，美存在于生活的每一个细节之中，让我们每天用一颗自然的、平凡的心去领会它，用一朵感激的微笑去面对它，享受它。如此，才是智者的生活。

杨 花 如 梦

黄昏之后，我又一次摆脱滚滚红尘的包围，独坐在小楼的窗前，泡上一杯茶慢慢地品着。

西边的天空只剩下一抹红晕，仿佛一滴胭脂落入湖中，慢慢地淡化开来，淡化成一缕羞涩，一闪即逝的羞涩。远处的群山隔着杨树林看来，影影绰绰的，大写意一样。

房间，安闲宁静极了。

五月的小楼被白杨的浓绿紧紧地环抱着，绿意朦胧，蒙蒙一片，扑面而来，拂之不去。即使坐在房内也能感觉到那种绿意悄悄溜入帘内，混合着向晚的夕光，映在粉墙上，淡淡一片，温馨如水。

而在向晚夕光中漫漫飘飞的，还有点点杨花。

杨花轻盈，潇洒，如一瓣瓣雪花。然而，却比雪花来得更轻更柔，毛茸茸的，如梦。梦过还留着影儿呢，而它轻得竟连影儿也没有。

"自在飞花轻似梦"。没有风，这些空灵的花儿自由自在地飘飞着，不着一点力，也不着一点痕迹。有的粘在窗帘上，有的拂过树枝，还有的落在桌子上，轻盈地翻一个身，又躺在那儿，乖乖的，睡着了一般。

这白白的、淡淡的花儿，仿佛一团轻扬的棉绒，棉绒的中间包着一粒小小的籽粒,玉白色,半粒芝麻大,心形的样子,这大概就是杨花的心儿吧。

如果这是一颗心儿,那该是一颗多么淡雅、悠闲的心儿啊。

旷野里,树林中,它们悄悄地开,漫天地飞,轻轻地落,过着平淡如水的生活,没有一点儿浮躁,没有一点儿欲望,恬淡,自然,就像一个古代的隐士。

向晚的光洒下柔柔的娇艳,光中这些杨花无忧无虑地飘飞着,不受一点牵挂,在淡淡天光的照射下,每一根纤维都透着洁净的红色,都如透明的一样。

望着满空飘飘悠悠的杨花,我的心也悠悠忽忽飞上了高空,犹如一片鸿毛,凌空飞舞,自由上下,轻松极了。

我想,一颗毫无物累的心该就是这样吧,可是作为人,谁又能永久地拥有这样的一颗心呢?

杨花如梦,对人来说,如梦的大概就是那一颗宁静淡泊的心吧!

赏 雪

白衣胜雪,那是江湖儿女最经典的装束。

总想着那该是一个春寒料峭的傍晚吧,山上的野梅花也凋谢得差不多了,可天空仍有几瓣雪花飞舞,给悠远的江湖抹上了一层清白。江湖已经微微泛嫩,在雪里渗出斑驳的色彩,让人眩晕。

在那种沁人骨髓的美中,一个少年,长剑斜抱,白衣胜雪,在江湖女儿神魂颠倒地传颂中,他总会有一个韵到极致的名字:白如雪、西门叹雪或慕容一白。

雪是江湖浪子最美的装饰,这是武侠小说作家的失误,也是败笔。

武人嗜酒,文人品茗,女孩折梅,幽人踏雪。雪应和文人相联系,或者说,只有文人才可做雪最适宜的配景。

雪是阴柔的,洁净的,所谓的冷若冰霜就是指此。中国人爱用自然中的东西来比喻人的品性,如以流畅自如的水喻仁者,以宁静自守的山喻智者,由此,雪也可被看成倾城倾国的女子,她含蓄、自敛,素洁宁静,浅颦微嗔一任自然。

因而赏雪而带刀剑,就如拿着棍棒恫吓美女,大有唐突佳人之嫌。古人把在雪上行走不叫走,叫踏,高抬脚,轻放下,"咯吱"一声,只留下一点印痕,其余什么也没有,这绝不是踩、踢所能表现的:雪泥四溅,脏污遍地,令人惨不忍睹。

踏雪,清游,仍非爱雪的最高表现。

最爱雪的人一般都是不踏雪而行的,而是独坐窗下,一边独饮,一边看着窗外雪景。文人中,施耐庵可算深得其中之妙。一部《水浒传》中,赏雪人或是在酒店,或是在庙里饮酒看雪;当然,最美的莫过于朱贵的酒店后楼上,叫一盘熟牛肉、来点酒,抬头望去,梁山水泊烟水茫茫,皓然一色,简直是画里,谁还相信是强人出没的地方。

酒喝微醺,最宜赏雪。酒抵雪寒,雪助酒兴,自能让人产生一种宁闲慵懒之情。

农历正月初六,早起,在家饮酒,隔帘望去,雪如搓盐,草草离席,急欲远行,坐车上路,很远了,一回头,老母犹在雪中远远送望,一时酒化热泪,完全涌出。第二天,雪更紧了,棉团一样,打电话回家,没人接;下午,母亲回电话,说上坡点洋芋去了,刚回来。

一时,只感到窗外漫空飞雪,混沌一片,不分天地了。

品 味 山 水

　　在办公室里蹲得太久了,在人生的驿路上奔波得太累了。于是,我们打点行装,在某一个雨丝儿飘洒的早晨,或是一个落日醉透了的黄昏,走出门去,走向江湖,那一洼我们梦寐以求的山水。

　　那一片山水总是充满灵性,充满浪漫,隐藏在我们的想象之外,召唤我们,引诱我们,让我们心向往之,思恋不已。它就是江湖。

　　江湖,一定月白风清,杏花如雨,落霞漫天。在那儿,就连空气也一定不同于市井之中的,干净、温馨,更遑论烟雾缥缈,流水淙淙。

　　行走江湖,对于现代人来说就是旅游。然而,细说起来,旅游又绝不同于行走江湖。

　　首先,旅游是一种十分平和的享受,全不同于行走江湖的打打杀杀。旅游者身着便装,手拄木杖,缓步在青山秀水之间,或依石看天,或临风远望,或驻足看瀑,或倚亭赏景。山风如酒,波光如染,此时,一颗沾满尘埃的心早已空灵洁净,纤尘不染了。

　　其次,旅游是不带任何功利行为的活动。行走江湖者整日或为武功秘籍,或为天下第一,嵩山窃经,华山论剑,总也逃不脱名利圈子,而旅游者寻求的是一种与山水的对晤。在他们的心中,山水是有灵性的:山如高僧,水如智者,融入其中,人会懂得自己怎样地活着,怎样地享受生活。面对着云起云灭,好鸟时鸣,人才认识到一些红尘中总也想不透的事,也会自然而然地丢下尘世中一切困扰。

　　和行走江湖比较,旅游更是一种与山水静静交流的过程。江湖论剑,刀光剑影,掌力如山,是山水的一大浩劫,也是行走江湖者的一大恶俗。一个真正的旅游者走入山水之间，从不大声喧哗，不手之舞之，足之蹈之。他慢慢地进入，将自己化做山里的一颗露珠，林下的一茎小草，风中的一粒鸟鸣，无声地去感受，去享用，去领悟那一种大美，那一种大静，那一种包容天地的清静，然后悄然离去。

如果劳生草草，身心俱疲，最是游山玩水的好时候；

如果深陷于滚滚红尘中苦恼不堪时，不妨到山水中去走走；

如果事业失败，如果人生失意，此时，山水是你最好的知音。

读书过后的心

读书之后的心，如泪洗过的良心。这话是冰心老人说的，很淡雅，淡雅如一朵素白的百合花，如女人长长的睫毛上闪啊闪着的一粒泪珠。

雨洗过后的良心，我没有见过；可读书过后的心，却清晰可感。

读书过后的心，该是这样的吧，如雨后早晨，山顶的那一抹露光吧。那是怎样的一刻啊，山很静，是一种闲雅的静。一切都在梦里，还没有醒过来，还包容在夜的氛围里，不起一丝颤动。山尖在夜雾里，润得湿漉漉的，如丝巾擦洗过一样。

一丝光从黑夜的底层沁出来，水一样渗到山顶上，慢慢晕染，也慢慢变浓，如蛋青一样，白得沁亮，白得醒目，白得山顶上每一根草的影子都可以看得清。不，是每一朵花儿，每一片叶儿都看得清，甚至在想象中，每一粒虫鸣都能看得见。

这一刻的心，真的清亮可以鉴物。

读书之后的心，该是这样的吧，如午后路旁的一朵花儿吧。那花儿，一定是蒲公英了，别的花儿过于张扬，过于做作了，不适宜。书里的知识，如一丝丝阳光洒下，蒲公英在阳光下摇曳着，接受着阳光的抚摸，尽量地舒展着自己，每一丝绒毛,都在阳光下闪着圣洁的光。

有时,也有一点感悟,如风轻轻吹过,心如蒲公英的绒毛,在风中飞起,飘飘悠悠的,轻盈得没有一点痕迹。

读书后的清闲,更该是这样的,如夏日傍晚的天空。那应是一天中最安静的一刻。夕光静静地照着,不起一丝波动。夕光中,树色苍茫,有一缕两缕炊烟直上。天空这会儿是瓦蓝色,洁净如爱情的眼睛,如不受一丝污染的梦。上面可能会飘着一片两片云儿,羽毛一样。这羽毛可能是心里一时的得失,或者是一点儿微不足道的烦恼,但不一会儿就消散入天光之中去了,无踪无影。

读书之后的心,没有一点欲望和烦恼,是一种少有的清闲。红尘的烦恼,世俗的名利,这一刻都消于无形。

读书之后的心,还应如箫音一缕。

这样的箫音,应在月夜响起。月光是从唐诗中过滤的,是张若虚的《春江花月夜》中流淌出来的月光,铺了一天一地。天地之间,水光遮天,纤尘不染。

箫音,就在这时候响起,或幽咽,或低沉,或沉郁,或高亢,但无论是悲伤还是兴奋,都很美,都在月光下亮如银钱,时高时低,曲折有致,

但那种箫音,也是经了月光冲洗过的,经了灵魂冲洗的,没有一点世俗的烟尘味。

箫音如水,心音更如水。

郁达夫在《故都的秋》中说:"早晨起来,泡一碗浓茶,向院子一坐,你能看得到很高很高的碧绿的天色,听得到青天下驯鸽的飞声。"但我以为,要这样,必须还得握一卷诗书,看几页之后,不经意地喝茶时,一抬头才会看到这样的景色。

因为读书之后的心,才清,才静,才博大宽广,才能感悟万物。

读书之后的心,真好!

三 月 韭 菜

春风一吹，韭菜就绿了。

韭菜喜欢细沙地，水汽丰沛。一大早起来，到韭菜畦里去看，平整的地面出现了一纹一纹的裂痕，细碎的土粒有的甚至翻了开来。土缝里，一星一星的青嫩探出头来，细小如蚁。这，就是初生的韭菜芽儿，新生婴儿一样。

有诗人夸荷叶道"出淤泥而不染"，可谁见过韭菜的嫩芽拖泥带水一副肮脏样了？绝对没有。韭的嫩芽洁净得如春天的眼睛，一眨一眨的。随着春风变老，韭一寸寸生长，几天的工夫，就是一大截。在早晨阳光的照耀下，每一茎韭菜叶上都有一颗露珠。露珠在朝阳下如碎钻一般，闪闪地发光。

韭菜很绿，那绿有鹅黄的，有嫩绿的、青绿的、翠绿的、墨绿的——每一茎的绿都各不相同。那绿透过水珠，也依然绿得耀眼，绿得灼目。露珠在绿的映衬下，也碧色如洗，翠润无暇。

大自然的美，是人工无论如何也比拟不了的。巧夺天工，仅仅是人为了安慰自己而已，面对韭菜，面对韭菜上的露珠，人才会彻底地感觉到语言和词汇是如此的贫乏。

老杜诗云"夜雨剪春韭"，他可算韭菜的知己。

韭菜是无论如何不能用手掐的，一掐之后，掐痕处容易枯死。因此，要用刀割，或者剪子剪，割或者剪时，应贴住土皮平来。这样做为的是让土遮住韭菜断口，不至于被太阳晒枯。当然，太阳下割韭，自是没有雨夜割韭适宜。细雨落下，润物无声，也轻轻地抚慰了韭菜的伤口。第二天起来，昨夜割过的韭菜又是一片青嫩。

老杜说雨夜割韭，没有说做什么菜，按老杜的说法是喝酒用。我以为，韭菜配鸡蛋，下酒最好。把韭菜切成寸许小段，和鸡蛋搅拌，放在锅里做羹，味嫩而鲜，有一种春天的气息。吃一箸，一股鲜味直透五脏六腑。这时，一壶酒，几盘小菜，知己二人，话着别后情形，听着窗外"沙沙"的雨声，如蚕吃桑叶，雨润青苗，那种静谧，那种悠闲，人生能得几回？

陆文夫是美食家，更是散文高手，他曾经说过，韭菜焖虾，是菜中隽品。这道菜我吃过，不是多么了不起的。但如果是韭菜焖虾壳，则实在值得一尝。把虾壳用油炸脆，然后把韭菜切成寸许小段，和虾壳一块儿放在锅中，用小火焖，到沸为止。舀起来，不说吃，单是那金黄，那翠绿，就让人直流馋涎。如果再把虾壳夹上，放在嘴里嚼嚼，那香那鲜，仙味。但也仅仅是一嚼而已，不可吞下。吃东西在品味，不在于吃饱肚子：这是美食家和食客的区别。

这两道菜之外，就韭菜而言，我还爱吃腌韭菜。

外婆在时，每到三月，就会到地里割一篓韭菜，切成段，再把晒过的红辣椒丝放在一块儿，搅拌，再搅拌，彻底拌匀，压在坛子里，一个月后拿出来吃，又酸又辣，还有一种青鲜鲜的韭菜香。那菜不要用来吃别的东西，那样叫暴殄天物。最好的吃法，是卷在煎饼中，一大口一大口地咬。一次，我放假到外婆家去，外婆捞一盘腌韭菜，放在小桌上，然后给我摊煎饼。外婆第二张还没有摊好，我就吃完了第一张；第三张还没有离锅，第二张就进了我的肚子。吃好，下午外婆就去给我买药，帮助消食，否则胀得不行。

那年，我7岁，距现在已经二十多年了。

而今，外婆也早已离开人世了。今年清明想回去，到外婆坟上看看，可有事没脱开身，电话里听母亲说，那坟上已经荒草连片了，树也有瓷钵粗了。

茶 香 一 缕

晋代一个文人，叫陆纳，有客来访，以茶相待，各人一盏，然后作别，从不备酒宴招待，被当时盛传。一日，谢安拜访，那可是宰相啊。适逢陆纳不在，他的侄子陆俶接待，怕简慢了宰相大人，忙备了丰盛的酒菜招待。事后，陆纳知道了这事，把侄子狠狠打了40杖，骂道："小子坏我家风。"

陆纳所说的家风，就是以茶养廉。

茶被文人们看作是养廉励志的标志，文人赠茶，既是互相激励，也能增进感情。有的文人，甚至写信，专门向老朋友要茶。

欧阳修是苏轼的老师，是苏轼终身敬仰的对象。老来退休，居住在杭州，一日，苏轼去看望他，送了一包礼物，老夫子很不高兴，也很矛盾，说收吧，误了我一生清白；不收，你打老远送来，显得我不近人情。苏轼哈哈一笑，打开，让欧阳修看。欧阳修看罢，掀髯大笑，道："知我心者，子瞻也。"

原来，纸包中是茶叶。

同样的，在苏轼的文札里，也有很多有关送茶和要茶的短笺。有一次，他去信，是问司马光要茶，那是自己的上司。而且，司马光给了，据文中说："色如琥珀，香气氤氲，半日不散。"究不知是何茶叶，让人读之馋涎直流。

至于说有人给皇帝送茶，那就有溜须拍马的嫌疑了，是很为文人们所鄙视的。宋代的丁谓和蔡襄都是著名的文人，丁谓的诗曾受到欧阳修的称颂；蔡襄更是当时的大书法家。他们都曾经给皇帝进贡过茶叶。多年后，苏轼被贬到惠州，在《荔枝叹》中仍批评："君不见武夷溪边粟粒芽，前丁后蔡相笼加。争新买宠各出意，今年斗品充官茶。"语言很是直露，毫不含糊。

茶和文人,相得益彰:茶让文人清闲淡雅,如篱边的菊花,如山野的兰草;文人给茶注入了浓浓的文化气息。这种气息闻不到,可我们感觉得到,它散布在茶叶中,散布在茶汤中,也散布在我们的文化中。

一次,班上张梅折了枝月季,用水瓶插着,供在桌上。第三天,月季花凋残,只剩一根花枝,我轻轻问:"昨天的月季呢?"她说谢了。我接着问:"花坛的月季谢了吗?"她低着头,不说话了。

我走上讲台,在黑板上写下道:"让花儿美丽的方法,是让它长在枝头;让人美丽的方法,是热爱生命。"很多同学见了,默默写下这句话。

同时,我做了些木牌,写些警示语,插在草坪上,或鲜花旁,提醒学生,时时热爱生命,关心生命。

在草坪上,牌子上写道:"草儿在睡觉,请你绕一绕。"在花儿旁边,立一块牌子:"你对花儿有感情,花儿为你露笑容。"教室旁边有颗槐树,上面有个鸟窝,一早一晚,一窝鸟儿唧唧喳喳,其乐融融,为防备学生掏鸟窝,我在旁边立块牌子:"我们有家,鸟儿也要有温暖的家。"

一个风雨后的早晨,我走进校园。校园里静悄悄的,雨后湿润的空气流荡着,让人身心舒爽。

突然,我被一阵叫嚷声吸引住,转过去一看,不高兴了。

我班教学楼前有株不高的雪松,不知何时,一窝鸟儿搬来,每到清晨,就见一只黄嘴蓝翅鸟儿飞上枝头,唱出清风流水的曲子。另一只同样的鸟儿,站在枝头相和着,唱得和谐,唱得美丽。

每次累了,我会站在树下,观赏一会儿,感觉生命的美好,身体也会轻快许多。

几天前,巢里的叫声中流出一两声轻嫩的声音:它们有雏儿了。为此,我还告诉同学们,让他们细心观察,将之写作成文。

谁知,今天他们又开始顽皮了。他们在树下放张桌子,桌上架条凳子,一个学生站在凳上,手里拿着只小鸟,唧唧叫着。巢边,两只鸟儿也叫着,一片急切。

我忙招手,让那个学生下来,问道:"怎么啦,又抓小鸟啊?"

那个同学还没说话,旁边一个忙解释:今晨一场风雨,把那只雏鸟吹落树下,他们见了,准备把小鸟放回巢中。

我听了,吁口气,点点头。我觉得,插了那么些牌子,终于达到了我的目标,我把一块人性的牌子,插到了学生们的心中。

童心与专心

艾青老来,写了一篇《忆白石老人》的文章,里面讲了白石老人的几件小事,让人读了,至今不忘。

一件是艾青买画的事。一日,艾青买了一幅画,画长八尺,一片松林,皆无松叶,结了松果,上面有一首诗:"松针已尽虫犹瘦,松子余年绿似苔。安得老天怜此树,风雨雷电一起来。"诗后,又题了跋,并有印章"白石翁"。艾青拿去请老人辨别,白石老人看后,说:"这画是假的。"

艾青大笑,诗人也是有很深的鉴赏功夫的,一一指点出是真品的原因。白石老人看骗不过,就说:"我拿两张画换你一张,怎么样?"原来,白石老人也喜欢自己这张七十多岁时的作品,艾青摇头,舍不得。最后见换不来,老人就拿着放大镜细细观看,并一边看一边自我赞叹:"我年轻时画画多认真啊。"说时,一脸自豪。那种自豪中,夹杂着孩子似的天真。

还有一次,艾青陪着外宾来访问白石老人。外宾走后,白石老人很不高兴,坐在椅子上吹着胡须生闷气,艾青忙上前询问原因,原因很简单,白石老人生气的原因竟然是外宾看了他的画没有称赞。艾青忙说:"他们称赞了,用外语说的,你不懂。"

"知道我听不懂,他们为什么不伸出大拇指来啊。"白石老人说。一个大师,此时,简直如同一个小学童一般。

另外一件事是和一位著名的诗人有关的。一天,艾青去看望白石老人,白石老人手里拿了一张纸条,上面有一首诗。他问艾青:"这是个什么人啊,诗写得不坏,出口能成章。"艾青接过一看,竟然是柳亚子写的,就惊奇地问:"你连柳亚子也不认得,他是中央人民政府的委员。"

白石老人一听,也一脸惭愧,说:"我两耳不闻天下事,连这么著名的人物也不知道。"

读罢,我产生了深深的感喟,为白石老人。

三件事中,前面两件事,可见白石老人的童真。正是由于他常常带着一颗童真的心去观察事物,万事万物在他看来才无不新鲜。因此,他的笔下,几只虾,几颗樱桃,两三粒蝌蚪,都无不给人一种新鲜感、新奇感,显得生机勃勃,清灵可喜。

后一个故事,则表现了他的专心。正是因为专心,才使得他由一个木匠,一步步攀爬上国画艺术的最高峰,做到了诗、书、画、印四绝。

童心如专心,白石老人在艺术上取得成功的两个翅膀。

喝茶的境界

喝茶的方法不外乎三种:一人独饮,二人对品,数人边谈边喝。

独饮者可得其神。一壶一杯,凭栏独坐,没有无边的喧哗,没有滚滚的市声,没有盈耳的嘈杂和吵闹。青山隐隐秋水迢迢,风清云白无忧无虑,面对红叶、流水、山村,心里只感到纤尘不染,干净极了。

对品可得其趣。"君子之交淡如水",朋友来访,以茶迎客,边品边说,那茶里充溢的是茶香还是友情?说不清。品吧,品朋友的交情,品茶水的温馨,品君子的德行；茶点嘛，就是诗词歌赋、历史典故得了。舒雅茶香，相得益彰。

至于三人以上群饮，则可得其益。几个行家一个茶几，各卖弄其自己的茶经茶道：一壶在手，逡巡一周，抱成一团的几个茶杯，杯杯皆满，涓滴不溢，谓之"关公巡城"；三指罩杯，轻轻撮起，称之"三龙护鼎"；拿起茶碗上的碗盖慢慢地刮去水面上的茶梗，叫做"春风拂面"……这是行话，饮茶的学问大着呢。一番茶罢，友人散去，炉冷茶馨，明月高挂，竹影筛墙，虚白满室。坐下来，铺上纸，把朋友间的感受、言论行诸文字，聊引一笑，不亦快哉？

喝茶，是可以和静夜听雨，梅下看雪、山顶观霞相媲美的一件韵事，是最上的诗、入得画的一件雅事。可惜，我们生活中的诗情画意已经日渐少了。

品茶不能在闹市，闹市无野趣，难得心灵安静，精神空寂；不能在生意场上，生意场上无闲逸味，得失太多，人情虚假，喝不出真味。

品茶最好的环境当在山中民风淳朴，环境秀美的地方。若到山中畅游，汲绿云，煮白石，泡一壶茶，寻一山石坐，看"云无心以出岫"，看满山美景，一边有一口没一口地呷着茶水，三杯两杯，"觉凉生，两腋生风"，始如东坡居士言之不虚了。

日渐远去的毛笔

开始的时候，毛笔一定很孤独的。因为那时没有纸，毛笔孤零零地悬在笔架上，悬在读书人的案头，形单影只。一抹冷淡的夕阳斜射到书案上，映射在笔杆上，显得苍凉、寂寥而又落寞。

浪迹岁月，毛笔的灵魂飘荡，总是缺少皈依的地方。当然，也有竹简、木片和丝帛。但是，毛笔天生就难以与它们为伍。有时，勉强在上面写上几笔，却又显得如此的局促、寒酸。

　　独立沧桑，等待着，毛笔仿佛在等待着一个冥冥中的约会，一种美妙的结合。等待的，就是纸。

　　纸的出现，让黯然已久的毛笔在历史深处大放光芒，让不起眼的毛笔风神大展，从此，找到了自己的用武之地。

　　毛笔终于理解，自己的出现其实就是为纸而生。

　　纸大概也知道，自己也只有和毛笔结合起来，才会相得益彰。

　　这是一次完美的结合，是人类文化史上一次空前的结合。那种结合是如此完美无缺，珠联璧合。

　　走过千年的干涸，感受了太多的无奈和孤独，毛笔，有很多感情需要诉说，有很多的感悟需要书写。第一次，毛笔在砚台上蘸上了浓浓的墨，把具有历史意义的一笔落在纸上。那是多么惊心动魄的一笔啊。历史等得太久太久了，就如人类等待火种，干渴等待泉水一样。这轻轻的一点，从此奠定了中国文字的特色，清秀、古雅、绵里藏针、柔中含钢，那是一种百炼钢化绕指柔的含蓄隽永之美，是一个民族性格的象征，是一种文化的灵秀所在。

　　矫若游龙，翩若惊鸿，每一个文字都有一个生命，每一个文字都是一首诗。

　　一支笔从此在雪也似的纸上纵横驰骋，提捺按点，中锋用笔，逆锋曲折，种种术语，不一而足。纸是毛笔展示自己的最好舞台，就如草原属于骏马，蓝天属于雄鹰一样。纸天生就属于毛笔。也只有在纸上，毛笔才纵横捭阖，指点江山，激扬文字，抒发感情，把中国的文化推进到一个炉火纯青的地步。

　　经常对着一幅古人的卷轴，我会不由自主地站住，并沉浸其中，一方面是欣赏那书法，更主要的则是沉浸在一种无边的想象之中，想象着这幅字是出于一支怎样的笔，它有着什么样的笔杆，由什么样的毛制成；这支笔又是怎样地饱蘸浓墨，悠然落纸。

　　那一刻，我的灵魂会深入到岁月的久远，把自己也化为一支笔，行走在文字之间，行走在中国的古典和线装书之间，久久地，难以走出。随之，会滋生出无限的悲怆，无限的忧伤，为那一道走失的风景，为渐行渐远的毛笔。

　　尘埃满身，岁月已老，毛笔如一位老去的壮士，逐渐退出，退出文化的时空，重新回到自己孤独岁月，回到自己的无奈和冷落中。

偶尔，在文人的案头也会发现毛笔，悬在笔架上，可它已成了一种装饰品，一种身份的象征。这对毛笔来说，是残酷的、悲哀的，就像英雄在无奈中老去，美人在寂寞中凋谢。毛笔独立笔架，那种落寞，那种苍凉，惨不忍睹。

一个个沿着毛笔文化走来的人，最终抛弃了毛笔，端坐桌前，再也没有了磨墨润笔的投入，没有了悬腕提笔的潇洒，没有了吟诗踏青的闲散。一个个键盘，敲出相似的文字，都是呆板的面目，单一的样子，没有了特色，没有了灵气，也没有了激情。现代人往往把该简单的东西复杂化，把该复杂的东西又简单化。

书法死了;毛笔离我们远去。

没有毛笔的日子，我们少了一分艺术，多了一分技术。

走不出的湘西

梦里，都走不出那片山水。

那里的山太翠了，翠如眉黛，微微皱起，千折百回，折出了湘西特有的山景，峻而清秀，碧而空灵。山里时时泛起薄雾，如一袭吹弹得破的梦，若有若无的罩着，给人一种神秘，一种遐思，也给人一种无尽的向往。

一般的大山，都有着凶巴巴的气势，让人难以接近;而湘西的山则显得大方而不失魅力，雄壮中满含秀丽，让人一见，就产生一种亲近之感。

这里的水，明澈如女孩的眸子，一眨两眨，眨出了千种风情万种温柔，倒映着这里的山，这里的寨子，也倒映着天空中白白云朵。站在这样的水边，一颗心仿佛被这青山绿水过滤过一般，空灵灵的，纤尘不染。灵魂的深处，也自有鸟鸣传来,一声声的,叫出一片的天光云影来,叫出无限的青翠生机来。

山水之间,掩映着一颗美人痣,就是凤凰古城。

古城的街道,依然是那么古老,曲折的伸向远方,伸向和平和历史的深处,伸向岁月传说的深处。一个人漫步走着,沿着曲曲弯弯的小巷走着,不要唱歌,也不要吟诗,就这样不缓不急地走着,那心,也会不由自主地进入到历史的隧道中。

在这样的小巷里,曾走出过沈从文,一身长衫,一支笔,一直走向山外的世界,把一个古朴的湘西,秀丽的湘西,神秘的湘西带到了山外人的眼前,放在了世界的眼前。从此,我们才知道,在那山环水绕的地方,在那雾起雾消的地方,有一块原生的土地,那儿有山有水,有轰隆隆的磨坊,有白塔木船木叶声,有月夜年轻人缠绵的情歌;在水之湄,有一个撑着竹篙的女子,见了客人清凌凌一笑。那女孩有一双小兽般清亮的眼睛,小兽般善良的心地。她就是湘西的女子,湘西的翠翠,倾倒了整个中国读者的湘西妹子。

多少年后,湘西的山水间又走出一位女子,一直走到中国的乐坛,以一曲《辣妹子》又一次醉倒了中国的歌迷。

湘西,是一处最自然的土地,是一方最人性的土壤。它的神秘,它的人迹罕至,使它保有一种天然的灵气。这种灵气,养育了沈从文这样的男儿和宋祖英这样的女子,清爽爽的,无论在为文或唱歌上,都具有清水芙蓉、天然自成的风致,绝没有时下文坛和歌坛上的矫情、做作和扭捏作态。这才是湘西的精髓,也是湘西文化人受人欢迎的原因。

真的,在湘西连小城的雨都是如此自然、清淡,亮如银线,细如蛛丝,一缕一缕地飘洒着,仿佛含着无尽的情意,无尽的哀愁,欲说还休,三分飘成了唐诗,三分飘成了宋词,还有四分飘进沈从文的文章里,让每一个走过《边城》的人,走来走去,却总也走不出多情的湘西意境。

好书如美景

读唐诗，如看大山，如对巨川。着一身轻衫，登上山峰，看枯松倒挂，看云缠雾绕，看苍天落日，看长天如水。一身疲乏都在山间瞬间消释，与白云飘散，与归鸟隐没。远处，暮霭深处，有牧羊人一声清唱，然后那歌声随着牛羊的叫声，越走越远，一直走向山雾升起的地方，走向暮烟升起的地方。只有云无忧无虑地飘；只有落日漫无目的地沉。读罢唐诗，人也如登山归来，心中只有轻松，只有干净，再也容纳不下世俗的名利，人生的得失。

读宋词，如遇小雨。在如丝的细雨中漫步，青草泛嫩，鹅黄一片；柳芽如蚁，闪闪如目；一夜雨后，桃花开了，丁香花开了，蒲公英也开了，在薄如丝绸的雨中，轻轻地摇曳着，摇曳出千种姿态万种淡雅，让人的心里无端地袭上一层淡淡的说不清道不明的怜惜。读过宋词的心，也如春雨滋润过一般，丰丰盈盈的，是一朵淋雨的荷花，慢慢开放，在雨中开放出无边的清雅，开放出无边的幽香。

读唐诗宋词，如观山，如赏雨。而读元曲，则如临水。阅读元曲，深深地沉入其中，让人不自觉地产生一种"涉水采芙蓉"的感觉。然而，水很素净，也很瘦弱，无芙蓉可采。一弯腰，掬在手里的是一捧水，水面上还有几粒绿绿的浮萍漂浮着。当然，手心的水里还有一轮月亮，映照在眼里，也映照在心里，清冷冷一盘，浑圆而白亮。

消闲之时如欲读小说，就应当读沈从文的文字。沈从文的文字是山水之间的闲花野草，是山溪旁的一支荷箭，是山林上空的一袭白雾，是文字的隽品。最美的是边城的夜晚，一定有竹笛声响起，蜿蜒一缕，如用岁月的露珠过滤过一般，亮得如银线，穿透岁月，穿透历史，能一直浮荡在你的心里，浮荡在你生命的底层深处,让你即使年华已老,也不能忘却。

只要有书,有好书,唯一能忘却的,是烦恼,是疲累,是滚滚红尘。

看书,尤其看好书,真如观景,此言不虚。

夜 品 虫 鸣

春天来了,夜里坐在灯下,能听到窗外远处传来的虫鸣,有的悠长而婉转,有的厚重而沉雄,还有的短而亮:一声又一声,交织在一起,在人的心头漫上一层薄薄的孤寂之意,渗露出一种乡愁,一种忧伤的诗韵。

夜沉沉如海,而那虫鸣,却如浪花一样,不时地溅进窗中,溅落在心上,溅满心室。心里一地月光,一地洁净。

记得唐人有诗云:"今夜偏知春气暖,虫声新透绿窗纱。"该是写虫鸣的隽句吧? 虫声清清浅浅地透过窗纱,是窗纱绿着,从而使虫鸣沁着绿呢? 还是虫鸣沁绿,捎带着把窗纱也染绿了呢? 或许二者兼而有之;当然,染绿了的,还有一颗悠闲的心。

虫鸣让人产生无限的遐想,无限的向往,和说不尽的悠然轻松。让人面对虫鸣,如对薄雾,如对流水,如对晚霞漫天白云悠悠。

听虫鸣是一种摆脱世俗的最淡然的享受,是一种南山在望的舒畅。

一个人,一壶茶,一卷诗书,外带一份无言的倦意,独坐在茶几旁,听着远处长一声短一声的虫鸣,曲折而来,飘荡而来,一颗心也飘飘悠悠的一片清白,如露珠清洗过一样,如明月过滤过一样,洁净得一尘不染。人世间,大家追求的东西太多了,唯独缺少清静,缺少清幽的虫鸣。

只有一个挣脱浮华的人的心才能和虫鸣合拍;也只有一个脱离世俗的人的眼光,才能投向原野,才能发现虫鸣的妙处。

写虫鸣的句子，在现代文章中，最喜欢的是沈从文生的"虫鸣如雨"一句，后世之人，即使用一千字一万字，也难以描述出这种情景。沈老先生的文字，本就轻灵如水，洁净如珍珠，每一篇文字，本就不是字，是一件玲珑剔透的艺术品，是一种无以言说的美，所以，和如雨的虫声最是相配。一天的教学之后，浑身累得疲软，拖着沉重的身子回到家，拿一本沈从文的集子，沿着文字的小路，走进湘西的青山绿水间，让一颗疲累的心休息一下，是最好不过的。边城的夜里，静静的，有一轮明月高高挂在小城的上空，这时，四下里没有人声，没有狗叫和人语的喧哗，只有虫鸣如雨，一声声在月光下滑过，划出一道道荧荧的光，新人耳目，也新人心灵：只有这样的地方，这样的文字，才须得有这样的虫鸣，其余的地方太热闹了，会吓住虫儿的，也会遮盖了清凉的虫鸣。

虫鸣永远是人心里的一声梵唱，虽小，却如暮鼓晨钟，让人心灵警醒，让人突然惊悟。虫在古诗里鸣唱，虫在汉字里鸣唱，虫在草窠里鸣唱，虫在田野里鸣唱。沿着虫鸣，我们一路走来，走出农家茅舍，走出山野小溪，一直走离泥土，走离故乡，走离父母的观望，但我们始终走不出虫鸣如雨的意境。

是虫鸣在告诉我们从哪儿来的；是虫鸣在告诉我们应该怎么清闲地生活；是虫鸣在安慰我们浮躁的心灵；是虫鸣让我们在红尘中好保持着一点田野的闲散味，以免遗失自己。虫鸣如雨，让如雨的虫鸣再一次清洗我们的心灵吧。

山水行中人自清

我喜欢品玩吴冠中先生的画，尤其他的风景画。淡淡的远山，疏朗的林子，嫩嫩的天空。在这样一种氛围下，仿佛天也透出葱嫩的色彩，一种若有若无的闲淡光彩，让人的一颗心融入其中，感到无限地轻飘，无限的宽柔。

吴先生的画，在一个"浓"字，一个"秀"字，仿佛不经意地一点，江南的水，深深的小巷，林后的人家，呼之即出。这是典型的山野人家，小巷人家，这是江南随处可见的人家。门前的码头前，是船，是水。闲闲的一泓水，静静地偎着粉墙，抱着石阶，漾着一种古老的韵味，一种我们徘徊在唐诗和宋词中，永远也解脱不了的思念和回味。这种感情，吴先生用自己的笔表现了出来，很随意的几笔：横的屋顶，直的粉墙，几棵树，或斜柳，或白杨，或不知名字的，点缀房侧屋后，门前院内，就是一处市井人家，或江南大户。

重视构图，曲尽线条的欹侧变化，俯仰生姿，让一切的生命，一切的笑声，一切的物情春语，都在繁杂的、柔嫩的线条中凸显出来，让人侧耳倾听，仿佛能听到一片的唧唧喳喳的声音。每一声都是春的消息，都是春的喜悦，都是春不甘落寞的呢喃之声。

如果说《春如线》、《春潮》中，吴先生极尽线条变化之能事，让人置身其中，只感到繁花照眼、生命律动的昂扬之情的话；那么，在画家的江南风情系列画中，则让人明显地感觉到一种宁静，一种纯白，一种人到故乡的美妙清闲之气，充溢其中。

在《大户人家》中，在《家》中，作者通过几笔或斜或竖的线条，或黑或白的浓浓颜料的搭配，从而给人一种安然，一种稳定，一种闲适，一种山水田园的感觉。

黑黑的屋顶，白白的围墙，嫩蓝的天空下，电线上的几只逗点一样的燕子。这就是故乡山水，始终让画家魂牵梦绕的故乡。正是这样的家乡，时时吸引着画家，也在画家的笔下泛着圣洁之光。那小小的木窗，当年，画家一定倚着它看过窗外的世界，绿的柳，蓝的天；那门前的石阶，一定印过画家的鞋印：踏着它，画家一步步走下河堤，走到木船上，长袍轻扬，告别江南，漂泊海外，浪迹四方。那长长的巷子，一定响起过老母的唤归声，一声声，从时间的彼岸传来，让人望回去，夕阳一片，无限依恋。

画家画火红的花，画绿得滴翠的竹子，但我最爱的仍是画家江南风景中那种轻淡悠然。《双燕》中，一痕黑黑的瓦，一段曲折的粉墙，几扇厚而窄的木门以及门前的古树，门前的一池汪汪的水，都在夕阳的宁静中渗出脉脉的光，一种安宁到无以安宁的光。没有打开木门的声音，没有船桨击水的声音，一切都在时间里安闲宁静地等着，等着那双燕子，那双从刘禹锡的诗里飞回的燕子，那双在史达祖的词里飞回的燕子，那双漂泊海外浪迹天涯归来的燕子，在静静的夕光中，在江南老家的温馨中，在水一样的亮光中，寻找着自己的家。

画家是著名画家，也是散文家，他的文章写得清新流白，自然深情，和他的画一脉相通。他是在绘画，更是在写诗，他的每一幅画，其实也是一首诗。因而，看他的画，不能看，要读，像咀嚼古诗词一样，用心咀嚼，才得其中真味。

画家学贯中外，用了中国古人的构图方法，将抽象和形象融为一体，把中国水墨和西方色彩结合一块，随手拈来，皆成妙作，可算中外技法和谐相融的最佳表现。

良心的圣光

冰心说过，雨后春山，是泪洗过的良心，句子自是隽句，优美，细腻，让人玩味再三，赞叹再三。

泪洗过的良心，是什么样子？

我想，一定有着雨后春山的空灵，给人一种舒散，一种洁净。雨后，有时我会沿着山野的小路漫步。这儿的山野，是沙子路，雨后即干。走在山路上，四周寂静，草儿刚绿，叶儿刚展开，一粒粒水珠在叶面上，在草尖上，亮亮的闪出一种静谧之光。有一两只小鸟在枝间跳跃，不时呷一下嫩黄的小嘴，吐出一两个平平仄仄的音符。这音符随着一两颗露珠落下，落在人的衣上，迅即不见了。而心在这一会儿，变得安宁祥和，仿佛泛着一种清露之光。

那露珠，那鸟鸣，仿佛不是落在身上，而是落入心中。

更何况，四周还有一瓣瓣花儿，在寂静中悄然落下，给人的心中，带来一丝淡淡的哀愁，很美的哀愁。

记得有一位小品文作家曾说过一句话，早晨的山尖，泛着圣洁的清露之光。我觉得这恰好做了冰心老人这句话的注释。

这位作家所说的，应是秋天早晨的山尖，而且是天刚亮的时候。

我的家在山里，劳累时，或人事繁杂时，经常的我会跑回家去，住上几天。那时，我常常会早起，天还没大亮，村子里静的如一泓水。我一个人沿着村前的小路默默地走着，漫无目的地走着，四周甚至还有虫鸣，稀疏的，如一两朵蒲公英花儿，点缀在风露里。

有几次，当我面对东山时，都会震惊于那种清露之光。

光是从东山最高的山尖泛出，四周颜色仍很深，仿佛为了衬托那缕光。那光真的很洁净，如一缕水，润润的，仅一线，在山尖滋润下来，浸染下来，把山顶也浸润了，而且是一种柔软的白，如蛋清的颜色，不但透明，简直能亮透人的灵魂。

在那光中，山尖的小草，竟一根根清晰可数，摇曳生姿。当然，光在扩展，在润染。不久，天也亮了，四周也响起了山歌声，随之太阳也出来了。

我想，那光就应当是清露之光，柔嫩，清亮，绝不寒冷，给人一种灵魂被净化的感觉。

这种光，才是良心之光，是冰心老人所说的，泪洗后的良心的光。这种光，能欣赏的少；能理解的人更少；而能具有这种良心之光的人，则少之极矣。冰心老人大概应算这极少的人中的一个吧。

幼读冰心老人的文章，最爱的是《寄小读者》，一句一句，不是从笔下流出来的，似乎是从心里流出来的。那句子里有无限的慈爱，无限的叮嘱，细心的呵护。那时我想，这样的作家，该拥有一颗怎样的心啊。

到了教书时，教学生阅读老人的《小纸船》和其他的小诗，我再一次为冰心老人的爱心所震撼，我不能想象一颗女性的心是怎样的丰富，竟能包含着如此丰富的爱，如此丰富的感情。

后来，在一篇文章里，我读到了冰心老人的眼泪，更有无言的震惊。

文中介绍，冰心老人早早地就搜集材料，准备写一部反映甲午战争的文章。材料搜集后，老人竟难以下笔，每次还没动手，就眼泪直流，呜咽着，嘴里反复念叨一句话："日本人太欺负人了，太欺负人。"终其一生，老人也未写成。

一时，我也热泪盈眶，为老人的爱心。

是的，老人的恨正是缘于老人的爱，爱祖国、爱百姓、爱和平，正是缘于这爱，才见得老人的伟大。

泪洗过的良心，永远会泛出圣洁之光。

冰心老人，冰心老人的作品，都会泛出圣洁之光。因为，那里面，包含着一颗泪洗过后的良心，而那泪，是仁爱，是慈爱，是关爱。

 # 人 如 月 明

　　自然，是一种大美。大美，可意会而难以言传。

　　前日读书时，偶见半联残句，"文章草草皆千古"，一时，心里一动，一片空明，恍然之间，仿佛置身于清风明月中，无一丝沉重之感，无一丝凝涩之气。

　　这句诗写出了自然的大美。

　　不加雕琢、随意写来的文章，才是好文章。它自然，流畅，如泉流山涧，水注斜坡，随物赋形，无一丝凝滞，无一丝不恰到好处。

　　"草草"二字不是草率、孟浪，而是随意，是流畅自然。注重自然，这样写出来的文章，是即兴之作，而不是草率。这样的文章是文中隽品，所以能入口留香，能流传千古。同样的，生活中一切取法自然的东西，都是生活的上品，如假山，如根雕，再如园林。

　　由此我想到了人。

　　平日里，我们有太多束缚，太多的牵绊，因此，我们得西装革履，得领带俨然。同时，必须面带笑容，逢人打躬、握手，甚至出席很多我们不愿出席的会议，和一些我们不愿参加的宴会。

　　社会生活让我们疲累，也让我们庸俗，更让我们失去本来面目。

　　而自然生活中，却有无边风月，让我们在劳累之后，走入其中可以松懈一下身心，调节一下神经。

　　著名文人陆文夫，就是一例。一介文人，隐入苏州小巷，一把茶壶，一包茶叶，日日泡在古旧的茶馆中，以他的话说："坐在楼上，面对着流水长天，一边听着楼下水上的木船，咿咿呀呀地划过，然后，喝一口茶。"他所说的，就是一种恢复

自我的自然生活。

现在,斯人已逝,还有几人懂的自然之道,每每读到这儿,我会感叹不已。

可惜,我不太爱喝茶,渴了就是一杯白开水,很难领略茶中自然之趣。我喜欢读书,喜欢一个人,静静地,无忧无虑地读书。

我老家有一个后院,石子铺就,有一架紫藤,那绿绿的叶子,紫色的花儿,把院子笼罩得一片花香绿色,缭绕如水,也清净如水。

放假时,我爱回去,每天早晨睡一个懒觉,起来洗罢脸,吃罢饭,搬一个躺椅放在紫藤花下,再拿一本书躺着,很随意地看起来。

这时,我决不看深奥难懂的书,或者干巴乏味的书。一般的,我读古诗词,或是消闲书,活着明人小品文。当然,看书也很随意,没有任务,或几页,或几十页,有时甚至几段。

此时,花香习习,绿影照身,不时的有花瓣飘下,撒满一身,如蝶,如雪,很美。有时,睡在那儿就傻傻地想,什么时候,人如紫藤花,自开自谢,多舒服。

想罢一笑,仍然傻傻的。

就这样漫无目的地读,无边无际地想,然后迷迷糊糊睡过去,任他花开花谢,我自酣然不知,一直到母亲喊吃饭,才醒来。醒来才觉得一身轻飘飘的,眉眼也开朗了许多。这时,深深感叹"采菊东篱下,悠然见南山"真是自然中最自然的句子了,难怪陶渊明要远离世俗,亲近山水。

做个自然的人,明月清风一般,真美。

鸟 鸣 如 珠

鸟的叫声如珍珠一般，晶莹，透亮，在风中流转着，一点儿也不拖泥带水，一点也不带渣滓和污垢。这声音，有一种水漉漉的湿意，一种放射着洁白的光韵的湿意。

这种鸣叫清脆、水灵、娇嫩，只有少女的歌声可以与之媲美。

鸟鸣，尤其是春天的鸟鸣，诗一样自然，笛音一样柔婉，春风花雨一样清新，给人的心头，铺上了一层洁净之光，让人的心也在这鸟鸣声中洁净如洗。这种光是神圣的，明亮的，从露珠之中过滤出来的，从花的芬芳之中过滤出来的。

它不同于秋冬的鸟鸣。

秋冬的鸟鸣，是生涩的，干枯的，在冷冷的苍灰色的风中，如年老的咳嗽，颤颤的，一抖一抖的，仿佛一口痰卡在喉咙中，使劲咳，可怎么也咳不出来。给人一种担心，一种仓皇，内心深处，又滋生着一种同情，一种冷瑟和无奈。

而春天，永远充满着生机，永远充满了希望。一场春雨之后，草儿冒出来，鹅黄色，如土地的眼睛，在远处眨啊眨的。杨柳的枝头，刚刚泛出一星一星的绿意，连那枝条还没有柔软，还没有飘柔。这时，晴空中或者细雨中，传来清亮的鸟鸣，只是一声两声，就把天地叫得一片清亮，叫得充满了生机。人的心中就会感到天蓝了，水清了，空气中也流荡着一缕缕青鲜鲜的嫩意。

雨丝丝缕缕飘下来，带着一种清甜，带着一种新鲜，在温润的天空下，如烟似雾，但已经没有了秋雨的薄凉，变得柔嫩而调皮，飞在脸上，毛茸茸的，如胎毛未干的婴儿的脸，软软的，还带着一种新生的气息。

鸟鸣，就在雨中，就在烟中，一粒粒溅出，映射着一丝一缕山水的影子，也

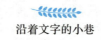
映射着无限的春天的影子。走在田野里，走在草地上，或者是小河边，不需要打伞，也不需要草帽遮雨，就在这如烟的薄雨中，细数着一声声冰清玉洁的鸟鸣，沿着一声声鸟鸣的指引，你就能找到春天的足迹，和春天飞扬的裙裾。

当然，晴天里听鸟鸣更好。山上，微微透出一痕新意来，是黄绿色，可走近了，什么也看不到了，总让人不敢相信春天已经到来。但是，无论春天怎样地躲藏，鸟鸣也泄露了她的行踪。一粒粒，滚珠溅玉一般，从这儿的山涧，或者那儿的山凹抛洒出来，呈流线型的样子，仿佛还在空中划过一道柔媚的弧线，落在你的耳朵里，落在你的眼睛里，迅即就融化了，融入你的心中，让你的心也包容着无限的水光山色。

草儿在鸟鸣中，由黄变绿，由稚嫩而青葱。花儿在鸟鸣中悄悄露出自己的绝世姿容，娇怯可又艳丽。河水亮了，也精神了，如情人的眼睛，汪汪的，充满了媚人的情意。人在鸟鸣中，也变得活泛了，一身软松，走出房子，走向田野，走到塬上，一声山歌，把整个山野喊得生机勃发。伴随山歌的，是声声鸟鸣，嘹亮而婉转。

鸟儿在山野叫，在塬上叫，在乡下叫，在老家的河沟边叫，在母亲的老房子旁鸣叫，唧——唧哩，唧唧哩哩——，婉转而流畅，欢快而悠扬，叫出一天的惊喜，一天的生机，声声在耳，圆润如珠。

又见柳色上衣来

农谚云：五九六九，河边看柳。看柳，当看柳的清新，柳的柔媚，柳的多情。

柳如美人，不浓妆艳抹，不扭捏作态，一任自然，如一小家碧玉，淳朴，含蓄。临流照水，依风梳妆，那份慵懒，那份娇弱无力，又如大家闺秀。尤其那种欲睡还醒，依依倚人的情态，更是倾倒了无数的文人词客、多情才子，让他们歌咏不已,这实在是妖桃艳李所难以比拟的。

究其实,柳是中国五千年文明润染的女性形象的化身。

"莫道不消魂,帘卷西风,人比黄花瘦。"黄花再瘦,瘦得过细柳吗？可怜价的,纤纤一撒,一掐就断的样子,让人心痛。古人说李清照这一句句之所以出名,是塑造了一个古典女子的形象;可柳本身就是一位古典的女子啊,是唐宋诗词沁润过的韵到骨子的女子,让人一见,俗气顿失,只感到精神如洗,骨健气清,书卷气充溢,仿佛脱胎换骨了一般。

看柳,实在是眼睛、精神以及文化的多重享受。

宫墙柳、灞桥柳、河边柳——一到春来,多情还依旧,醉倒了每一个具有汉文化情结的人,让他们面对细柳,感情变得那么细腻、丰富而又朦胧醉人起来,也让他们文思张扬起来。

故《诗经》中说"昔我往矣,杨柳依依。今我来思,雨雪霏霏"。画形画神,画出了柔柳无语依人恋恋不舍的情态。树犹如此,人何以堪？哪有游子不思故园、想故国的呢？

韦庄在凭吊石头城时,登上高台,手扶台城柳由衷慨叹道:"江雨霏霏江草齐,六朝如梦鸟空啼。多情只有台城柳,依旧烟笼十里堤。"岁月来去,潮打空城,繁华散尽,六朝烟消云散,时间已经淡远。变了的是时间,不变的只有柳,默默地坚守着自己的感情,陪伴着故国上空的一轮冷月。

柳,其谐音之意,乃是留也。

多情长条,牵绊着即将远行的人。无论是劳劳亭下、筹笔驿边,还是乐游原上,柳,依然一株株一缕缕一丝丝,或鹅黄,或青绿,袅袅娜娜相思欲绝,引得每一个游子,无论在塞北还是江南,无论在海外还是孤岛,都魂牵梦绕,心系故园。

柳,永远是我们这些黄皮肤黑头发心中抹不去的情结,才下眉头,又上心头。当我们在外漂泊太长时间,已经忘记归乡的方向时;当我们在成功和荣誉中迷失自己,淡漠爱情时;当我们心灵干涸缺乏激情时,让我们到野外去看看柳吧。

柳依然在那儿,我们少年的河边等着我们,依然是当初的风韵:乍暖还寒

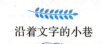
时,它怯怯的弱不禁风;细雨霏霏时,它凝睇含泪若不胜愁;春日和煦时,它低眉敛目含情脉脉;和风习习时,它迎风举袂飘飘欲飞。

这就是柳啊,寻遍大江南北的故园柳,绿遍河沟湖海的中国柳。

自 然 之 韵

种花人很多,但懂得种花的人却很少。

常见的种花人,都是特意买的细瓷花盆,擦得亮亮的,在里面种上一丛兰草,或者一丛菊花,让人看了,心里觉得堵得慌,既替花儿,又替瓷器,更替那个养花的人。

用细致的瓷盆养兰草,犹如让隐士穿金戴银,玉杯饮茶,大煞风景。

养花要自然,要随意,不可为好看而养花:为陶冶性情养花,自有一种山野情趣,让人见了也自有一种清风明月在怀的感受。

前日到朋友家玩,进了院子,一时遗失了自己。

院子里花草一片,丛丛簇簇,仿佛竹林七贤聚会一样,随意横斜,高低掩映,俯仰生姿。最让人感叹的是几枝菊花,随意地长在一把破茶壶中。茶壶破极,壶嘴已落,一朵菊花小蕾,从壶嘴冒出,探头探脑。菊花不肥,瘦,"人比黄花瘦",这几枝菊花更瘦过了这句诗。但那种瘦,清雅,婉约,和这句诗一样,沁着一种古雅的韵味。

最有趣的是一丛兰草,竟养在一个陈旧的蛐蛐罐里。罐中随意扔了几块石头,光滑圆溜,或竖或倒,自成姿态。石子中冒出几茎兰草,苍劲,墨绿。兰草中冒出几根杆子,上面开着星星点点的花,紫色的,如呢呢喃喃的话语,扑鼻生香。

此人,可算深得养花三昧了。

常常工作累了的时候，我爱放下手头的工作，在各处转转，走走，一日走到校园前楼上，一片青翠嫩红，吸引了我的眼睛。

这是一个退休老教师的阳台，就在一楼，花花草草一片，就在眼前，但最惹眼的，是几个花盆，已破了，被几根草绳捆着，上面长着几棵辣椒，很旺，青葱葱的叶子间，有青红辣椒冒出，一个个胖胖的，青的如碧玉，红的如胭脂，醉眼。

老人坐在椅上看书，头顶是一盆吊兰，枝蔓四披撒下，指甲大的叶片，经阳光照射，一片淡黄洁净的绿，清新明目。突然绿里传出婉转的叫声，清风流水一样，圆润，轻快，流畅。

看着我满眼疑问，老人分开藤叶，里面是一个鸟笼，笼门开着的，里面两只鸟，"唧唧喳喳"的，见了人，一双豆眼流转着，一点也不怕人。

养花，养到如此境界，可算花的知己了。

养花，养的是心情，养的是人性情，也养的是花的性情，因此，养在青瓷花瓶中，不如养在乱瓦破盆里；养在玉柱栏杆旁，不如养在竹篱茅舍旁；点缀在假山池沼中，不如养在野山瘦水间。

就如现在，我养了几株蒲公英，养在一个破旧废弃的脸盆中。有人经过，会笑问一句，养那野花野草干吗？

我笑而不答。

到了花儿盛开时，淡黄的花儿，会让我想起故乡的田野；到了花儿老去时，对着毛茸茸的种子一吹，看着满空飘飞的小伞，会让我想起童年时的游戏与笑声。可是这种心思，我能对谁说呢？又有几个人能懂呢？

 # 月是中秋明

前面是山,后面也是山,夹,夹,夹出一条小街来,窄窄的,数丈长短,竟也小鬟学妆,七折八折,折出一段风情,折出一段娇媚。虽如小家碧玉,却也清秀可人。

漫步在这样的山里小街,人如同走入一阕宋人小令中。

不长的小巷,地面不太平整,随山势曲折起伏。两排土房,一律白灰泥就,随地形高低错落。是李清照的小词吧？否则怎会如此典雅、清丽、古朴。

探寻词的韵味,诗的意境,最好应如今夜的我这样,静静地走着,没有歌吟,没有笑声,甚至连思念都是静静的,如一泓秋水,不泛起一丝波纹。月光酽酽的,从空中流洒下来,梦一样缥缈;纱一样轻柔;白亮亮的,歌一样温馨。

独踏月光的我,真应该如古诗词中诗人那样,穿一件长衫,夹一本线装书,沿着小巷静静地走着。两排白灰房在月光下半明半暗,全都关着黑色的门扉。弯弯曲曲的石子路上满铺着一条白光,亮亮的,白白的,平平仄仄的。

起风了,悠悠然吹动着我的衣衫,撩动着我的头发。月光也被吹皱了,仿佛泛起一圈圈涟漪。小巷里沉沉的,一切都睡熟了,包括青草,包括石子。只有月醒着,清清一轮贴在天上,望着夜深的小巷,小巷中的独行人。

今夜,小巷尽头若有望月待归的女子,也应如妻子一般,娟娟的,静静的,倚门而望。月消融了她的红颜;风拂乱了她的鬓发。她倚着门,听着,听着小巷深处隐隐的脚步声,终于看见了那个拐过街角的熟悉的身影,瘦瘦的。近了,近了,我走近她的身旁。她接过书,轻轻一笑。一天的劳累,一天的烦恼,都消释在这轻轻一笑中。

可惜,我是游子,是过客,这儿没有我的家,我的家在遥远的山的那一端。

这儿的山，最易于月下观赏。山高，崖陡，又近，不宜于抬头仰望：时间久了，脖子会酸的。最好是拿茶一杯，坐在月亮下品着，一低头才发现，四围山色，一轮圆月，全掉进杯子中，水灵灵的，格外清晰。东边的山，背阴，黑色浓淡不一，如水墨泼就。南面的峰，飞流直下三千尺，直泻杯底，崖面如瀑，闪闪发光，十分怵人。西面山势较缓，山上隐隐一座寨堡，石头垒就，不知何年何月物，曾问于当地人，也摇头不知。

最好是山中夜雾初起，杯中看来，如在水底缭绕。手摇茶动，山水月雾一起动荡，真不知是山在水中还是水在山中，真不知是人行水面还是身处深山。

月夜里，山中有鸟鸣传来：

叽里——咕——咕——

叽里——咕——咕——

声音悠长清亮，一波三折，如泉滴深涧，珠溅玉盘。侧耳倾听，又不叫了，隔了一会儿，又叫起来，在白晃晃的月下，不留一丝痕迹，没有一星儿滞碍。

抬头望天，天空是清凌凌一轮满月；低头算算，正是中秋。

漫 步 小 巷

漫步小巷，是劳累后一种最写意的休闲。

这样的小巷，不要太宽，宽了就成了马路，无什么意味。它应当是很逼仄的样子。逼仄到什么样子呢？一个人双臂伸直，刚好能触到两边的粉墙。

这样的小巷，也不易于在城市。因为城市红尘太厚，容易淹没小巷，更不宜于红灯高挂，音响喧闹，因为这样的小巷宜静。

小巷的四周，应山秀如眉，水清如眸，连风也细腻得如少女的肌肤。在山水的环绕下，黑瓦粉墙，淡淡的一片，如水墨写意画一般。

走在这样的小巷中，心里才会彻头彻尾地干净，平和。

尤其在早晨，一个人漫步，此时东边天空泛出一丝乳白。小巷还有些睡眼迷蒙。走在小巷中，听着鞋底轻轻叩击着石子路的声音，一片宁静。此时围绕着自己的，真是一种无法言喻的大幸福，大闲适，流溢全身，直袭肺腑。

晨雾慢慢散开，有卖菜人的脚步声，一般都是少妇，沿着小巷，从晨雾中走来，眉眼顺顺的，望你一眼，算作招呼，然后，袅一缕身子走远了。

只有雾，还在小巷深处漫流。只有你，在小巷中徘徊，

诗人们爱把在小巷徘徊，写成"彳亍"，意思指一个人独自在小巷中，带着一种孤独，一种寂寞漫步，用的实在是好。

早晨走小巷，能走出一种寂寞的清闲，静穆中的忧伤。中午和下午，也有同样感伤，只不过情景略为不同罢了。

午后，尤其初秋的午后，漫步小巷，是最得小巷精华了。

小巷，仍是昨日的小巷，一条石子路，向前延伸着。两边是粉墙，高低曲折，极尽变化。墙头时时窜出一片绿荫，或者一架紫藤，或是一串葡萄，让人见了，惊羡良久，徘徊不去。

有时，隔着墙头会飞出一串水灵灵的笑声，如紫藤花开，珠光宝气，明花照眼，让人遐想联翩，愁意全消。

黄昏小巷，夕阳半墙，鸟儿喞喳，恍若在谈论小巷变迁，岁月沧桑，自有一种"旧时王谢堂前燕，飞入寻常百姓家"的诗韵。

但是，我身处这样的小镇时，最爱游的仍是秋雨绵绵时的小巷。

秋季的雨，我以为最宜于做小巷的背景了。秋雨婉约，缠绵，凄凄切切，一唱三叹，如一个闺中少妇一般。

在这样的细雨天，打一把伞出去，一个人独自品味小巷，就如拿一本书一个人坐在秋日阳光下的阳台上一样有味。

雨中的小巷，有一种湿意，一种润意，一种波光潋滟脉脉含情之意。一个人带着无尽的疲劳，带着在名利争斗中所受的浑身伤痕，踟蹰在小巷中。

　　小巷在雨中蜿蜒，粉墙静穆，不时会有一扇门，"吱呀"一声响起，在寂寞里给人一丝温馨。巷子的那头，有一棵两棵树，黄叶飘零一地，"雨中黄叶树，灯下白头人"，真适宜写小巷秋雨季节的景色。

　　遥望远山，在雨里舒缓着，一皱一折的，像含有心思或忧愁的西子，让人备感温馨。对面山上的寺庙，在雨里传来钟声，一杵又一杵，把那声音散漫于小巷深处。

　　拐过巷角，一个女孩走来，一只竹篮随意横斜着几束菊花，红的白的黄的，在雨中，湿灵灵的，见人一笑："客人，买花吗？"

　　一声轻轻地叫，把沉思中的游人叫醒，随意买了几枝，拿回家去供着，不为别的，就为自己的心情。

　　休闲在小巷：至于天气，宜晴宜雨；至于心情，宜喜宜愁。

　　小巷漫步，真好！

第四辑 / **佳山秀水如故人**

佳山秀水如故人

春天的山，如雨洗过的良心，纤毫毕现。

雨洗过的良心是什么样子的，我没有看见过，难以言说，可山就在眼前，为什么不去看看呢。

在所有的山里，我最喜爱的是故乡的山。

故乡的山，古人称之为家山，不说游，听听就有一种亲切之感。一种故旧在前、执手无语的悠然之情，让人陶醉。更何况，那儿有粉墙，有山歌，有淳朴的民俗，有晴朗的天空，门前如霞的桃花。还有走出门来大声咳嗽的父亲，和遮着眼向远处望着的母亲。

在我，家山既有故旧之情，又有恢复身心之便，更有可人的风景。

因而，一旦身心累极了，总会抽个假日，坐上车，一溜烟，回了家乡。

一段时间没回去，母亲做的粗茶淡饭，别有一种清淡之味，让人满颊清香，一下子就产生了一种远离尘世、烦恼尽去的感受。

吃完饭，一杯茶后，向父母倾吐一下劳累，也诉说一下内心的苦闷。平日里，我们在人前伪装得太深了，仿佛戴着面具一样，只有在父母的面前，才能放下一身伪装，恢复一身轻松。

自然的人最美；自然的感情最真；自然的心情最轻松。

饭后，到水边走走，到山间走走，到田边地头转转。尘世的游子在家乡的山水间最宜消解疲乏，也最易放松自己。

故乡的山极秀气，都不太高，山坳里，山坡上，时时冒出一缕炊烟，突现出一户人家，沁出一声鸡啼，都会让人遥望半晌，感慨一番，也留恋一会儿。

当然，时不时地，山路上也会走来一个人，近了，总是熟悉而微笑的亲朋好友，一脸的淳朴，浑无机心，与之交谈一会儿，便从心里感叹，故乡如桃源，人情似秦汉。

山的阳坡上，是田，是地，绿油油的麦苗，如水洗过一样青绿。再上去是公路，一条水泥路，蜿蜒向山里，不时的，一辆摩托驶过，引来一群群孩子的叫声，如鸟雀一样，叫亮了整个天空。沿公路人家，处处门前桃花如霞，屋后翠竹碧翠，都是画里山水。

沿坡下去，是水，浅浅一条，是散碎的银子，日里夜里地淌。水里也藏着鱼儿，瘦瘦的如银钱，一甩尾，逗起几点水花。

水边，是茂草，是野蒿，是晒着的被单、衣服。缭绕在河岸上的，是洗衣女子清亮亮的笑声，叫得人心软乎乎的，发酵。

阴坡，一概都是茶林，一行一行，如诗句一般整齐，仿佛还押着韵。

漫步上山，进入自家的茶园，茶叶的清香萦绕在自己的鼻端。茶林中的茶香，是一种真淳的天地之气，自然之清。置身其中，你会觉得，一切商品茶叶的香味是那样地做作，那样虚假而让人厌恶。上了市场的东西，像走向社会的人，总不真诚。

摘一片茶叶，衔在嘴里，一种香味沁心透肺，直渗入灵魂深处。

远山响起了山歌声，一缕飘摇缭绕，干净，纯洁，在向晚的夕阳光里，纯净透明。近处，羊儿叫着，牛儿晃着，随着牧人向家里走去，一直走到山拐弯处，淹没在夕阳里。

有鸟儿归林的声音。

有父母唤归的声音。

你的一颗心此时会毫无皱褶，在山水间无限扩大，无限舒坦。

游过一趟故乡的山，你就是一个全新的人了，晚上睡觉，梦也会干净得了无纤痕。

小 城 落 日

　　小城很小,比一个镇大不了多少,叫城,有点夸张。但是,既为城,就具有所有城的特点。这儿有浮躁的喧嚣,有飞扬的尘土,有刺耳的音乐,当然,也少不了争斗、劳累,还有压力。

　　小城无啥可看,唯一值得一提的,是小城落日。

　　看小城落日,应在城后山上。

　　在一个下午,完成了手头所有的工作,从作业堆里抬起头,望望窗外,天光如水,霞光如酒。想着去看看落日吧,借此放松一下心情,调节一下身心,也未尝不可。于是,一个人伴着自己的影子,扯一路寂静,去了。

　　小城后面的山,不知叫什么名字。远看,微微隆起,如女人的眉毛;到了稍近,才看出,蔚然而深秀,一角亭子立在山岩上,如展翅的鹤,跃跃欲飞。

　　沿着台阶上山,一路无人,只有苍翠的颜色直映上人的衣裳,让人眉眼沁绿。有鸟鸣,一声一声复一声,把山林的空寂叫得响亮澄澈。

　　人的心,在这一刻,也清亮亮的,一地鸟鸣,

　　看落日,最好的地方应在山顶亭子前。亭子较新,隐在树林的葱郁中。亭中悬一古钟,锈迹斑斑,老态龙钟,是明代铸造,一见之下就让人产生一种怀古之情,一种山河依旧、人事沧桑之感,水一样漫上心头。

　　怀古,是一种略带酸楚的情怀,当然,还有悲壮,更何况是在夕阳下。

　　夕阳就在西天边的一角,一抬头,看个正着,红彤彤的,仿佛天地间所抒发的一声空旷的浩叹,是叹宇宙的无穷? 是叹天地的广大? 是叹时间的久远? 谁也说不清。

夕阳在这一刻，红得触目惊心。夕光汹涌地流淌下来，淹没了山，淹没了树，淹没了亭子。人也成了夕阳中的一粒浮萍，随着微风，思绪浮动。

站在山上向下望小城，人烟辐辏，车马往来，人如豆粒，车如甲虫。一切都淹没在夕阳的余晖里，如画。

小城的落日，有一种阳刚之气，一种悲怆之美。而另一个地方的夕阳，则有一种婉约的美，有一种女性的温柔，这个地方，就是我过去工作的一个小镇。

那是一个江南般的小镇，白墙灰瓦，小巷深深，五条水穿过小镇，白白亮亮地流淌，如唐诗宋词中沁出来的一般。

在小镇看夕阳，当在水上。

沿小镇下行二三里，就有一湖，长长窄窄，平静得如一片不起皱纹的梦。几只洁白的水鸟，拍着翅膀，在夕阳下飞舞，把阳光划出一个又一个圈。

而此时，最让人醉心的，无过于水面的夕光。

水倒映着绿树青山的影子，碧荧荧的。可是此时，夕阳洒下，斜铺在水面上，从天边铺过来，一波波滚动着，跳跃着，幻化成几十种红色：黑红、醉红、脂红、淡红——

湖的四边很静，只有人家的烟囱上，扯起一缕缕炊烟，在夕阳的映衬下，变成紫色。

没有声音，没有风，但是水无风自动，粼粼的，一丝一线。水光，在夕光的映衬下，含情脉脉，如恋人的眼光，让一颗劳累的心，在这一刻找到了归宿，找到了安慰，融化在这片水光山色中，与水天一色了。

突然，一声山歌，打破了宁静，也打破了沉思。一条小船，一个打鱼人，一桨一桨，把一种归家的幸福，和一种岁月的闲适，驶入到暮霭苍茫中去了。

自己在这一刻也醒了，知道自己不是归人，是一个过客。

一个人漫步

向外望望，夕阳如酒，空气如水，想着还是出去走走吧。

外面人很少，也很静，适宜于一个人漫步。

沿着田间小路，我漫无目的地走着，田野里所有的庄稼都收净了，麦子播下，麦苗刚有一寸多长，远远望去，绿得如染。风吹来，麦苗轻轻波动，如绸缎一样；又如水，形成波纹，一丝一丝，柔得如轻音乐一般，如果是音乐，应是阿炳的《二泉映月》吧，细腻而柔婉。

田的那边，是杨柳，是河水，是山。

杨柳叶子落尽，枝丫伸向空中，远远看来，如碳笔在天空画了几撇，干苍苍的。此时树下，如果再走动着一两个穿红风衣的人影，就更有画意。

杨柳的那边，是河，水脉脉一缕，瘦了些，可也清亮了许多，如水光潋滟的美目，荡漾着万种风情，将秋的韵味表露无遗，也将水的柔媚表露无遗。

水中有杨柳枝条的影子，有一尾尾小鱼，瘦小而透明，身上撒着一些淡黑的墨点，一会儿游向浮萍深处，一会儿游向杨柳的枝影中，在夕阳光下，这些小生命，一定舒适如诗。

站在河坝上，远远望去，一条小路蜿蜒在山间，蜿蜒向云雾深处，一时藏在红叶林中，一时露出来，一时又钻进山的拐角处。

小路上，有蚂蚁大的黑点移动，是人。傍晚了，一个个走向粉墙黑瓦的地方。

　　山的半山腰处，夕阳半明半暗，有几间房，粉白的墙，一缕炊烟直上，在水洗的天空的衬托下，清晰明了。树林深处，传来狗叫声，一会儿响起，一会儿停下，一定是有陌生人上门了吧。

　　再远处，天和山相接处，一条红红亮亮的边，是夕阳晕染而成。山顶小草小树清晰可辨，虽小如蚊痕，却格外明了。而山的阴面，背着阳光，却又显得青苍空冷，给人一丝寒意。

　　那种冷，如疲惫之后清闲的心一般，虽寒颤颤的，却很舒畅。

高尚的苇草

　　"人是一根苇草。"比喻大胆，新颖，而又生动。我喜欢帕斯卡尔在《人是一根能思想的苇草》中的这一比喻。

　　时间如水，悠悠不尽，向东流去。所以，圣人说："逝者如斯夫，不舍昼夜。"和无穷无尽的时间相比，人只是短暂的一瞬。守望在无穷的时间河边，人一代代老去，一代代新生，就如水边芦苇，老的枯死，新的又生。

　　守望在时间的河边，望着浩淼的河水，无论如何，人生是长不过时间的，就如苇草永远也长不过水流一样。

　　在时空中，帕斯卡尔认为，人是最脆弱的东西，就这一方面而言，也如苇草一般。细想起来，人比苇草还脆弱。我家门前有一条水，白白亮亮的。河的沿岸，苇草蔓沿。一到夏季，洪水暴涨，滚滚而来，洪水过后，所有的苇草都被淤泥淹设，但几天之间，淤泥上又钻出星星点点的绿，一天天长大，一到秋冬，顶着一头白花，恍如水边垂钓的智者。

　　人就不行，就没有这种死而复生的生命力。

古人说："野火烧不尽，春风吹又生。"草烧后，能发芽；树折了，能重新抽出嫩条；就连壁虎，断了尾后还能重生。人却没有这种"吹又生"的能力。就这一方面而言，人的生命力是最脆弱得。

这些，是就肢体、就生命而言。

但就是这么脆弱渺小的生命，却构成了宇宙间的大风景。以作者的话来说："纵使宇宙毁灭了他，人却仍然要比致他于死命的东西高贵得多，因为他知道自己要死亡，以及宇宙对他具有的优势，而宇宙对此一无所知。"一句话，这棵苇草是高尚的，他高尚就在于他能思考，他做任何事都有着目的性，知道订计划，然后，一步一步，按照计划殚精竭虑。在生活中，他知道痛苦，知道快乐，知道忧伤。如果一生一世，如大石块一般，无喜无忧无情无爱，存在与消失，又有什么区别？

当然，劳累了，他知道拿一杯茶，一把蒲扇，在林阴下，卧在大石上歇息甚至还能诵两句诗"采菊东篱下，悠然见南山"，山石不会，水不会，枯木也不会。

有人说："人一思想，上帝就笑了。"其实，社会走到今天，不能不说，是得益于人的思考，否则，今天，我们还拖着长长的尾巴，在树林间跳跃。

"由于空间，宇宙便囊括了我并吞没了我，有如一个质点；由于思想，我却囊括了宇宙。"诚哉斯言，一位科学家曾宣言："给我一个支点，我将撬动整个地球。"这话，只有人能说。因为，人不仅仅是时光河边的一根苇草，关键是，他是一根能思想的苇草。

那么，做为人，我们有什么理由不思考呢？

绿 色 的 雨

一

春雨是透明的，如琴弦上弹落的音符，划出一丝亮光，又一丝亮光，密密麻麻的，串成了帘儿，串成薄的如梦的帘儿。

张爱玲说，蝴蝶是花儿的前世，换言之，花儿是蝴蝶今生。

春雨的前世今生应当是什么？每每漫步在春雨中，我在想。

春雨，应是柔情女子的梦，细腻的、无以言说的相思梦。

因为，只有相思的梦，才会那样的多情，而又那样的羞涩，隔着帘儿，眼光如水，欲看还躲，欲说还休。难怪戴望舒《雨巷》诗中的女子，一定要走在细雨中。

细雨，小巷，油纸伞。

油纸伞下，一个丁香一样的女孩，带着一丝惆怅，漫步着，蛛丝一样的雨，太息的目光，把一种江南的婉约，还有江南的多情，都衬托出来了。

春雨有一种低回惆怅的神韵，是千年文化润泽出来的。

二

在城里观雨，不如在小镇观雨。

小城的雨中，少不了车来车往，少不了人声喧哗。一个人漫步在亮亮的雨丝中，想认真地看看雨中的山，雨中的亭子，都不能够。

太喧杂，让人难以收拢思绪。

在小镇，尤其在小镇中的古巷里看雨，很是不错。

石子铺的路，两边的粉墙，还有墙头冒出的一茎绿藤，都是春雨最好的背景。这时，放下一身心事，沿着石子路走，古建筑、老戏楼，高翘的屋脊，都在细雨中静默，和你默默进行心灵的交流。

心，此时都是白的，因为春雨中的静浮荡在心中，沁入心底。

比小镇更好的观雨之地，则应在山中。

杏花未红，草芽未露。细雨在夜里的窗外"沙沙"地下着，铺展着，人的心里仿佛也在下着春雨。

明天，山里花会红了，柳会绿了，嫩草也会满山了吧？

睡梦里，仿佛也一地草色在心，一不小心，总担心自己醒来也会变成一茎草芽，挂一粒露珠。

三

春雨的形态，实在是一言难尽。

朱自清是我最爱的散文大家，他摹情描态的手法，出神入化。对于春雨，用他的话说，"如牛毛，如细丝，如花针"。可惜，只重于样子而少了颜色。

余光中在《听听那冷雨》中，写了小巷中、黑瓦上的细雨，如黑白片子的风景，可惜，让人感到冷，沁入骨髓，这大概和他长期漂泊海外有关吧。

我认为，春雨是一阕液化了的宋词，是泛着书卷香的透明墨汁。

每一次，独自一个人走在春雨中，我的鼻端就会缭绕着一种书卷香味。雨落下来，在衣衫上，在人家的屋顶上，没一点水迹，仅有点湿意罢了；就是飞在脸上吧，也显出微微的一凉，针尖般的一星，迅即消失了。

抬头，向远山望去。

所有的山，都有一种润透山骨的湿意。

所有的花，都有一种洁净到灵魂的意蕴。

所有的草色，都罩上一层醉人的油亮。

春雨在下，确确实实在下，但又让你抓不住她的纱裙，她的呢喃，甚至她的微笑。

无形而有形，犹抱琵琶半遮面，是春雨最媚人处。

每一丝春雨，都是一个十七八的女孩。

四

古人总喜欢站在高楼上看雨，看春雨，很韵。一片烟雨，杏花影里，有人独倚栏杆，把江南四百八十寺看饱，楼台如画，山水如眉，何等风流。

就是在雨中行走，在清明断魂里，也有竹笛悠扬，一抬头，嫩草如茵，一匹水牛，一个牧童披着蓑衣，横坐牛背，把一支乡村俚曲吹得行云流水，把人的心中那一片惆怅，也吹得浮荡无影。

更何况，杏花细雨里，还有酒店，还有当垆的女子呢。

"杏花春雨里，吹笛到天明"，那是诗人的潇洒，更是春雨的潇洒。

"杏花春雨江南"，不是诗美，是春雨美。

"杏花消息雨声中"，多韵致啊。独卧小楼上，一夜春雨，"随风潜入夜，润物细无声"，明天，乐游原上，一定杏花如霞，游人如识。明天的小巷深处，一定有叫卖杏花的声音。

离开了春雨，这些诗情画意就会满纸干枯，少了多少灵气，多少水意，也少了多少韵味啊。

五

春雨在古诗里下，一直缠绵如丝，没有停止。

春雨，在方块字搭建的小桥上，丝丝缕缕地下。

春雨，在竖行的文字小巷，下了几千年，打湿了司马迁的布衣，滋润了李太白的木屐，把张志和的斗笠淋湿。

春雨下在唐诗里，有女孩撑一只小船，在细雨中滑出，对人微微一笑，道："君家住何处？妾住在横塘。"

春雨下在《西洲曲》的曲子中；下在了《落梅花》的笛声中；下在西湖断桥上，许仙和白娘子在细雨中，撑一把伞，也撑开一段优美的传说。

春雨下在黄梅戏的歌声中，下在巴山深处的驿站外，下在余光中遥望故乡的目光中，下在海峡的那边，下在海峡的这边，下在故乡的屋阶上，点点滴滴到明天。

春雨在下。春雨在下。

春雨在五千年的历史深处丝丝缕缕地下。

六

多年了，我们已远离了春雨。

多年了，我们已疏远了春雨。

但春雨仍在天空飘洒，春雨仍在陆游的诗中飘洒，在纳兰容若的词中飘洒，在朱自清的散文中淅淅沥沥地飘洒。

它落在芭蕉上，落在青苔上，落在嫩草上，落在江南的油纸伞上，落在北方的驴子背上。

干涸的心田，需要春雨。

贫瘠的良心，需要春雨。

历史的忘却，精神的苍白，文化的干枯，需要春雨。

春雨在下，春雨在细细地下。

嫩草如星，冒出土地；叶芽如眼，冒出枝头，让江南变绿，让塞北变绿，让我们的心在春雨中也一地青绿。

独 赏 青 苔

青苔易生。一夜小雨如丝，早晨起来，天气放晴，粉墙上绿色掩映，掀帘去看，昨日的一点青苔已经洇成了一块，慢慢地点染上了石阶、台坎和墙头，绿幽幽一片。让人见了，一颗烦躁的心也顿时化成了一缕青绿的风，在晴空下飘洒，无限舒展。

难怪古人说，小阶一夜苔生。

其实，石上也极易生青苔。不说山石，就是河里的鹅卵石，只要上面有一线裂缝或一星凹痕，都会渗出一星一点的绿，虽小，只有针鼻子大，可仍能让人感到生命的坚强。拿起一枚鹅卵石，看着上面泛着的那点绿，就仿佛感觉到自己拿的不是一枚冷冰冰的石头，而是一个有体温、有感觉的生命。放在耳边倾听，好像还有嫩嫩的叫声，细细碎碎的，如即将破壳的小鸡的声音，脆脆的，尖尖的。

青苔的绿不是葳蕤的，而是一种幽幽的，如一帘宁静的夏日午梦，绿得纯净，也绿得安详而不张扬。因而，它们总是画家、园艺家和工艺美术家的爱物。

画家画画，爱画青苔，点染在山石上、古树上、石头上，作为一种装饰。建筑的园林中，工艺家的盆景中，青苔也是必不可少的。

然而，青苔的神韵，看苔时人们的心情，却是无论如何也画不出来，装饰不出来的。

面对着一块青苔，一种绿刻骨铭心，直映入赏苔人的心中。看得久了，仿佛置身于千里草原，万里林海，仿佛面对着嫩草、湖泊和蓝格荧荧的天。这时，自己也好像身于阴山下，草原上，天宽地阔，风吹草低，直想高歌一曲，以抒快意。

赏苔，尤其是雨后的早晨，踏着丝绒般的青苔漫步，脚下，是一种闲闲的温馨、舒适，如一丝电流，沿着鞋跟直传到心中。这一刻，心中也有一种悠然安详的滋味，如青苔缓缓的铺展开来，铺了一心一肺，都是绿绿的轻松，绿绿的舒缓，让人舒坦得说不清道不明。此时，人事的纠葛，名利的得失全都消失得无影无踪，代之而来的是干干净净的一片空明洁净，片云不浮。

这种悠闲，在现今社会是一种奢侈。因此，赏苔，也算心灵深处最奢侈的享受了。时下的人们，有几人能够？

品　　箫

箫代表着一种文化，一种极古典的文化。

一截青竹，按规矩开六个半孔，如石桥上圆圆的孔洞，于是，就是如水的音乐淌出，就有高山流水阳关三叠，就有梅花三弄随波荡漾，就有月光的影子、名姝的低泣，离人的愁绪、杏花春雨江南和典雅的韵事随着箫声在唐诗宋词中一路如莲花开落。

"二十四桥明月夜，玉人何处教吹箫。"是箫的风流。

"自琢新词韵最娇，小红低唱我吹箫。曲终过尽松陵路，回首烟波十四桥。"是箫的潇洒。

"如怨如慕，如泣如诉，余音袅袅，不绝如缕，舞幽壑之潜蛟，泣孤舟之嫠妇。"是箫的多情。

秦淮河边，好月如霜，几位长身玉立的女子悠然地拔筝吹箫，那便是箫的更典雅。

吹箫最忌大喜大悲，大哀大乐；吹箫最怕目迷五色，意存杂念；吹箫最不适于身处闲静心存喧闹。

箫是灵物儿,当以人品衬托之,感情驾驭之。

文人学士弄箫踏青则潇洒,贾人上市,手握一箫,锱铢必争则滑稽;纤纤美女月下吹箫则清幽,泼妇骂街以箫助之则让人恶心;山人隐士吹箫自娱则高雅,争名夺利苟且钻营者手捏一箫则做作。

吹箫当在明月夜,小庭院,思妇无眠时。

吹箫当在客舍中,孤岛上,海那边,游子漂泊时。

吹箫当在小楼的一角,隔着一道竹帘儿,望着玲珑的秋月,悠悠一曲。那本身也就成了一首诗,一阕词,一篇古典的文章。

柴扉何处有

三月里,正好踏青,春风细腻,阳光温柔,花色如少妇的微笑。一身薄衫,一身轻松,走到山里,走到花红欲燃的地方,徜徉一番,是一种彻心彻肺的享受。

当然,有柴扉能敲,更有诗意。

可是,时下,哪儿还有柴扉呢?

遥远的宋朝,是有柴扉的,所以叶绍翁读罢书,满心清爽,沿着染满青苔的小路一路行去,跨过溪水,在路的尽头,一带粉墙围成一个院子。这样的院子,在山里,很是静谧;这儿的空气,很是洁净。洁净的空气中,流洒着杏花的香味。抬头,一枝红杏探出墙头,三分娇媚;三分天真;还有四分,是如水的春光。

这样的院子,当然应该进去看看。

诗人就敲门,不是门,是柴扉,木棍编排而成。"梆梆梆,梆梆梆",在这样的地方,敲击声当然不能重,应该是轻轻的。但那声音却很清楚,仿佛是从心里荡漾出来的,又仿佛在心中回荡。心在这敲击声中,变成了一泓澄澈的井水。

叩击柴扉，不是叩击柴扉，是在叩击自己洁净的心灵。

一直，我都想在这样的春天里，像宋代的诗人那样，遇到一扇这样的柴扉，还有粉嫩的杏花。然后走过去，轻轻地敲两声。可惜，走遍小城的巷陌，一直没有找见。小城处处是防盗门，处处是灰尘，处处是喧嚣。这儿也有花，是盆栽的，缺少一种灵气，也缺少一种山水田园的野性。

故乡的山村里，过去是有柴扉的。

在家乡那遥远的山里，大家爱垒上院墙，但不是砖的，是土筑的，纯粹为了美观。院墙的门，各种各样，木门较多，也有木棍编排的，虽一家两家，却给小村带来了诗里才有的韵致。

假期里回了家，我爱去转转。

一般的，我会选择主人家上坡干活时，一个人负着手，在黄昏将临，夕阳衔山时，来到这样的人家门前。

夕阳斜照在院墙上，房屋上，一切都平和宁静，让人感到自己都仿佛融入夕光中，化成了一朵云，或者一茎草，又或者是草中一声虫吟。

久久的，我站在这家门前不远的路上，望着那柴扉，也不知道在想些什么，或许什么都没想吧。有时一站半个小时，才心满意足地离开。至于收获了什么，连我也说不清，只是觉得心很轻，身体也很轻。

当然，瞅着无人时，我也会去敲一下柴扉，那敲击的声音，沉入庭院中，又回旋过来，仿佛经过了一个世纪那么漫长。这时，会惊动一只鸡，"咯咯"地叫着，扭动着肥胖的身子，快速跑过庭院，跑得不见了影子。

有猪的哼叫声传来，大概以为给它倒食呢，三两声后，又没有了。

院子里面，一树石榴花热热闹闹地开着，引来蜜蜂满院子嗡嗡地飞舞着，把一个院子叫得一片热闹和喜庆，叫得人的心也春风荡漾。

在主人清闲的日子里，我更喜欢去这样的人家小坐，尤其夜晚，谈罢天，出门之后，抬头天空，星星几点，月亮高挂。回过头，柴扉旁主人仍站在那儿，嘴里说着好走，他的狗站在旁边，摇着尾巴。

雪天的时候，如果是晚上，满地雪光中，再来三两声狗叫，惊破山村的寂静，真应了"柴门闻犬吠"了。

可惜，现在连小村也没了柴扉，一夜间，大家仿佛商量好了似的安上厚重的木门，甚至是铁门。我也远走小城，一身坐灰，亡命似的为生活而奔波。夜深人静时，一个人独坐灯下，寂寞无聊中，又想起那柴扉。于是，沿着自己想象的小径，披一身月色，听一片蛙鸣，踏一地青苔，去敲击自己心灵深处的那扇柴扉。

"梆梆，梆梆！"

那声音，我能听清，声声在耳，声声让人落泪。

谷 雨 如 烟

清明之后寒气已退，夜里坐在灯下，窗外已有虫声唧唧，真如唐人诗句云："今夜偏知春气暖，虫声新透绿窗纱。"

可是，雨还是嫩的，细的，纱一般，一下就是几天，刚刚发声的虫儿，又噤了声。谷雨也就到了。

小时，隔壁有个女孩叫谷雨，眉清目秀，每每母亲说谷雨到了，我忙跑出去看，没见到人，回过头问母亲，才知道，原来在二十四节气中，还有一个节气，也叫着这个女孩的名字。

再后来才知，这女孩是谷雨时出生的，所以，取了个很韵的名字叫谷雨。

谷雨，雨多而密，正是土膏泥酥，地气上升的时节，也是草儿萌芽、树儿发苞时节，所以此时，在农村，也是种瓜点豆时节。

"谷雨前后，种瓜点豆"，每到这段时间，母亲都会忙起来。我家旁边一个沟，沟里一渠水，两边蒿深草茂。到了秋冬，枯黄一片。谷雨前后，母亲会点一把火清除杂草，挖几个土窝，点上南瓜子。一到四五月，一片片油绿硕大的叶子就会铺满一沟，一朵朵金黄的南瓜花蒂上，是一个个精致的绿瓜，日渐长大，脸盆一般，引得一个个路过的人啧啧称叹，也引得母亲一脸阳光。

门前的台阶下，有席子大一块空地，母亲种上韭菜，油绿一片。一到谷雨时节，她会找来一些细竹，相互在韭菜地边一围，编成篱笆，再在竹边用棍趁下雨时，在地上戳些洞，放进豆子。不几天，豆子发芽，一茎茎绿蔓爬上篱笆。再不久，豆花盛开，豆角斜挂，做饭之前，随手摘一把，炒菜下饭，都很有味。

包括台阶旁边石榴树旁，母亲也没空过，一棵葫芦，站了一角天地。葫芦长大，拉一条绳，随意游走，就给院子遮一片荫凉。看书时，坐在下面，看着一个个胖胖的葫芦，很是舒心。晚上乘凉，瓜棚豆架，虫声如雨，萤火如星，也很美。

所以，谷雨，对母亲而言，是一段充满希望的日子。

有时，我们劝母亲，年纪大了，不要那样忙上忙下，稍不注意摔倒了，也不得了。再说，让一个老人如此忙活，做儿子的脸上也不好看，别人会笑话的，母亲听了，总会笑道："谷雨不种瓜，心乱如蟹爬。"言外之意，不动手，更心慌。尤其看到别人忙时，母亲就会长吁短叹，六神无主。

"谷雨不动手，锅里啥没有。"母亲道，最终禁止不住，又忙开了。

写到这儿，窗外雨声沙沙，绵密悠远。这雨，该是谷雨了吧？那么，母亲怕又忙起来了。谷雨前后，种瓜得瓜，种豆得豆。而母亲在谷雨种下的，则是勤劳。

邂逅迎春花

转过街角，眼前的围墙上飘下几根藤子，绿绿的，翡翠一般，能滴汁儿。藤上爆出几个黄色的点，鹅黄色，如电火花。近了，才看清，那是迎春花。

花很小，很有韵致，在风中悄悄地亮着，有一两朵开了；其余的或含苞欲放，或刚刚冒出点黄意，如春天的小嘴，悄悄啄破冬的禁锢，探头探脑地观察着外面的世界。用心去感受，能听到它们窃窃私语的声音，嫩嫩的，脆脆的，如山里没经见过世事的妹子一般。

这些小小的生命，每一朵都有一个温暖的心，否则，它们是不会开在这乍暖还寒的春雨里。

天空中，云很厚。雨如花线，在空中斜飘下来，雨中夹杂着一瓣瓣雪花，不时地飘落到人脖子上，冷飕飕的，沁人。

但那藤条上的花儿却不见得冷，那黄色，黄得嫩，黄得水灵，也黄得忘我。可它们绝不张扬，不招摇，而是那样的含蓄，蕴藉。细瞧，一朵朵阖目敛眉，羞羞涩涩的，只有小家碧玉一词可以修饰。

这样的花，才是最自然的花儿，比妖桃艳李美多了。

很多年前，在想象里，我总会看见自己站在茫茫的草原上，夕阳落在草尖上，碾盘大。草色翻腾着如着了火。其间，在天的尽头，有一个女孩，长发披肩，身着鹅黄衣衫，漫步而来。她的脸上，漾着明媚的笑意，如蒙娜丽莎，倾倒千古。女孩走过的地方，环佩叮当，流洒一地，如千古绝唱。

这幅图画，我一直在寻觅，我相信，人世间没此清丽的女子。这女子只在诗里，画里。而今，当我站在这几朵迎春花面前，我的耳边无来由地响起了那久违了的玉佩声。

这些生命，是如此的清丽，自然。开了的，张嘴而笑；半开的，忍俊不禁；未开的，仿佛极力忍住；还有几朵小的，躲在开了的后面，羞于见人。

都是那么渺小，又都是那么自信，因为它们心中珍藏着一个春天，才把生命活得如诗如画。

山 城 行

镇安是座山城，小却干净，山清水秀，绿树成荫，让人置身其中，如走入一个天然的园林。

大山大水，是散文，是小说，给人一种开阔的壮美。

镇安，绝不是这样，它要独僻蹊经，做一首绝句——唐人的绝句，而且这样的绝句自然，纯朴，绝不娇柔做作。古人说："文章本天成，妙手偶得之。"用在镇安的风景上，也说得恰到好处。

镇安的风景，站在翠屏山上，可一览无余。

翠屏山，紧紧偎依着小城耸立。沿着街道走，再走，走到尽头，有路蜿蜒，石阶铺道，向翠绿深处延伸，问当地人，说是去翠屏公园。

"这儿就是翠屏公园吗？"我们一脸疑惑。

"当然。"当地人回答，一脸得意，也一脸阳光，负手漫步，一个台阶一个台阶向山上走去，一直隐没在夕阳光里。

我们望了一会儿，也跟了上去。路在树林中曲折，时时有楼房隐显，给人一种世外桃源之感。路走一半，对面一座小小的山，上卧一亭，有熟悉的人说，是余公亭。去看，果然亭旁有碑，为纪念本县清朝一个姓余的清官，这让我大为得意，因为我们五百年前本是一家啊。同游的朋友大不以为然，唯笑而已。

青山绿水间，有此一亭，有此一洁净古人相陪，实在让山水生色不少。

沿此上去，有一阁楼，其后是文庙，孔子双手相握，慈眉善目，这是我第一次见到孔子雕像。有同游的朋友说，如果把掌印拓在孔子腿上，以后作文，自会文思泉涌。而且极力撺掇我这样做。我左右望望，实在不好意思下手。因为，在这儿，处处干净如洗，自己怎好意思首开恶例？回来想想，环境美化其实不在制度，而在于习惯。小城人，就有这种好习惯。

继续沿山脊往上，一塔高耸，直插半空，让人一见，惊讶不已。塔名魁星楼，名符其实。

站在山顶，披襟当风，遍体生凉，俯视山下，镇安城如月芽状，围住翠屏山，楼房工整如棋子，巷道平直如棋盘。二水夹流，穿城边儿过，在灯光影里，脉脉含情，如女孩的眼睛。

下翠屏山时，已是灯火璀珊，回望，魁星楼在灯光下如天宫玉宇，翠屏山如仙山氤氲，让人叹为观止。

同行的朋友介绍说："翠屏景色还不如虹化呢，虹化小巧玲珑，宛如盆景，但小巧中更有精巧布置，山中藏山，景中隐景，一步一景，步随景移，景随步变。明天空闲，可去看看。"

第二天，大雨倾盆，难以上山，无法，唯有对着虹化远望，只见一角亭子，如鸟翼斜翘，悠悠欲飞。人的心在这一刻也似乎想飞起来。

可惜，望望而已，终是未游，第三天，我们就坐车匆匆而去。心中终是留下一丝遗憾，但有遗憾最好，给人产生一种时时回望思念的感觉。

能不忆镇安？

赏　绿

　　经常会回想起那片绿，那种醉透心神的绿。

　　那是一个朝日初升的早晨，我独自一个人背着手，慢慢地走着，沿着一条弯弯曲曲的小路，一直拐过去，过了一条沟，又拐了一个山嘴。眼前，陡然一绿。

　　那是一片绿色的海子绿色的生命之潮，在晨风中轻轻地荡漾着，喧哗着，一个浪涛接着一个浪涛，一朵浪花赶着一朵浪花，一圈波纹连着一圈波纹。那绿喷雾溅沫，绿得狂野，绿得豪放，绿得如醉如痴情态万千。

　　走近了才知道，这绿是一片槐树林。

　　那槐树一棵棵都有碗钵粗，树皮灰黑破裂，青苔斑驳。树身有的高标如矢，有的扭结如绳，有的盘虬如龙，有的铁枝下曲，一个个如八十九十的老头，虽老，却挺精神，不做老态龙钟的样子。这些饱经沧桑的老者真不容易，也不知它们是如何躲过刀砍斧剁的劫难的，在这个时代，它们真不容易。

　　树老，叶却新绿。每一片都绿得逼眼，绿得醉人。每一片叶子里都仿佛有一个生命在流动，在欢笑，在生长。侧耳倾听，隐隐约约能听见叶肉里仿佛有唧唧喳喳的叫声闹声。朝阳从林间漫下来，细细碎碎地洒在叶片上，与一片片绿扭结在一起，嬉戏着，打闹着，无拘无束。

　　那一朵朵槐花该是绿叶的笑声了。

　　一串串的小花，一朵挨一朵，有的含苞待放，如蒙古少女的小皮靴；有的刚刚绽开，如古人的酒杯；有的在空中飘舞着，变着戏法，如蝶如雪，落在人的襟袖间，拂了一身还满。

　　每一朵都是玉白色，可那白色里又透出微微的绿意来，满漾着生命和康健。绿,该是它的血液了。

林间弥漫着一种绿意,一种芳香,淡淡的,掺杂在一起,梦幻一样轻轻润入空气,空气也泛出若有若无的绿来,绿得空明,绿得洁净,绿得如一泓透明的春水。我仿佛就是这一泓春水中的一尾鱼儿,也成了透明的了,干净极了,简直纤尘不染。我在游弋,我在呼吸。绿色的空气流入肺中,肺成了绿色的,血液成了绿色的,我的通体都成了绿色的。我成了一条通体青绿的生命鱼,和水天树融为一体了。

脚下是一片绿草,都是新的,每一根上都挑着一颗露珠,如刚哭过鼻子的娃娃,这会儿在朝阳的抚摸下彩光闪闪地笑了,还挂着一颗颗泪蛋蛋呢,傻呵呵的。

我站在那儿,竟有点不敢挪脚,生怕一不小心踩着它们,那才是万分的罪过——

乍离喧嚣,投身在这静绿中,聆听这生命的声音,用心去听,你会感觉到它在你的生命深处回旋、涤荡,将那无端的烦恼与人事的纠葛一扫而空;有的只是生命的健康、纯情、自然在血管里奔流,在心灵中冲荡。

碧蓝的半岛

青岛湾的水面蓝汪汪的,没有浪,也没有烟雾。薄薄的海风从天边吹来,细腻得如少妇的体香,虚无缥缈,沁人心脾。青岛的海,也就在这吹气如兰的熏风中,泛起绝细绝细的波纹,一丝一丝的,在我的心中打下一个个千千结,以至于两个月过去了,至今仍未解开。

我们去的时候正是暑假。

8月的天气,不是旅游的好时候,却是看海的最佳时节,尤其是在青岛看海的最佳时节。

去的前几天刚刚下过雨，山东半岛的天干净得醉人。天上无云；即使有，也是一缕缕透明的薄梦。青岛的云婉约，娇柔，有一种弱不禁风的病态美，媚人。让人一见，大生爱怜之心。天瓷蓝瓷蓝的，亮亮脆脆，上了一层釉，真怕用手一弹，会当当地响。

蓝天碧海间，是一栋栋楼房，红瓦白墙，尖尖的顶子小巧玲珑，给人一种安静、祥和之感。这儿的楼房多不高，沿街行车，迎入眼帘的大都是五六层的样子。一律掩藏在绿树红花中，露出一角一窗或一顶，羞羞答答的，犹抱琵琶半遮面。

一般的大城市浓妆艳抹，青岛，是小家碧玉，自然，清纯，不做作，无论是一棵草，一树花，都点缀得恰到好处，仿佛自然生长，不见人工的痕迹。

青岛的市容整洁、干净，让人到此，心情一畅。

大概是海边吧，也大概常得海风吹拂的原因吧，青岛的房子干净如洗，阳光下散发出一种嫩嫩的新鲜气息——一种山水田园的气息。花儿欲燃，草儿如染，街道平展得如牛乳过滤过一样洁净。在这儿，即使你有不洁癖，也不好随意吐痰，扔垃圾。有时，不是人决定环境，是环境熏陶人，此即明证。

我们旅游团上午到达，吃罢饭，随导游出发，首先乘船出海围青岛湾一周。船行带风，吹衣生凉，海天空阔，阳光一把把泼洒在人身上。此时，浑身透明，连五脏六腑都仿佛透明的一样。真想仰天高呼，让苍天大海都感受一下此刻轻松愉快的心情。

船到前面一半岛处，人言，此为小青岛，青岛以此得名。可怜价的，那半岛小得如假山，碧树遮盖，白塔掩映，用一只衣袖都可装走，但远观风景如画。

回岛后，游兴不减，又去了栈桥、水族馆，游了五四广场。五四广场前有雕塑，名《五月的风》，美术书上见过，这回见的是实物，很大，几层楼高。"五四"，因青岛而起；青岛没忘记"五四"。

游青岛最大的遗憾是没下水游泳。那水碧蓝蓝的，如梦，若下去一游，皮肤一定会很光滑的。

旅游,留下一处美丽的遗憾,有时更具有吸引力。

秋　雨

春雨如少女,爱撒娇,太腻;夏雨如河东狮,闪电雷鸣,过于骄悍。唯有秋雨,缠缠绵绵,如多情的少妇,自有千中风情万中意韵,让人倾倒。

秋雨的韵味,首先在干净,朴素。一丝一丝的秋雨,在空中飘着,不,不像是从空中,而是从宋词间渗出,纤细得让人心疼。撑一把伞,在秋雨里走,雨丝间或斜飞过来,粘在脸上,有一种凉凉的感觉,是一种洁净的凉,毛茸茸的,直泌人的心底。

当然,如果你高兴的话,也可以不带任何雨具,去和秋雨做一次亲密接触。一个人漫步于雨幕中,把一身的劳累,一身压力,都袒露在细雨,让它冲刷,任它消融,消融得无影无踪,一身轻松,是一种最美的享受。

秋雨的韵味,其次在于缠绵。无论在山村,还是在高楼,坐在一盏灯下,听雨,心都会漫溢上一种无法言说的感动。雨呢呢喃喃地下,每一声都有一个音韵,水洗过一样,清亮得能看见秋雨的灵魂。它诉说着,轻轻地诉说着,语调永远那么温柔,不急也不燥。灯下看书,它恍如"红袖添香夜读书"的女子;灯下思乡,它是那泪眼盈盈的少妇:一声一声,都是平平仄仄的,和故乡的一模一样,和少年檐下所听到的一模一样。人会老,秋雨永远年轻着,思念也永远年轻着。

秋雨的韵味,还在于典雅而文静。羞羞涩涩的,欲说还休,犹抱琵琶半遮面,娇柔得让人断肠。她如果是词人,一定是婉约词派的高手,大概可以和李清照相媲美吧。如果是小家碧玉,一定是手提竹篮、走在小巷的女子,见了人,毛茸茸的眼睛一眨一笑,笑出无边的风雅,无边的清新。

在记忆的底版上，小巷永远是秋雨最美最美的背景。

长长的粉墙，黑黑的屋瓦，青青的石板，在秋雨里朦胧着，晕染着，黑白分明，如一幅水墨画，更如黑白片子的电影。沿着这样的小巷，你慢慢地走，一直走到寂静无人处，一直走到巷子的尽头，任细雨如无言的叮嘱，柔柔地落满一身。这时，听着隔巷的地方，隐隐飘出软软的笑声，一种悲怆，一种孤独涌上心头。你才知道，品味秋雨，心灵要静。

静，是秋雨的精髓。

春雨，花红柳绿，太热闹，夏雨，狂放浪漫，太张扬，只有秋雨，静静的，如戴望舒《雨巷》中的那个结着丁香女郎，和你相遇，孤独无言，并投来太息的目光。

可惜，现在，这样的女郎已经走远了，消失在岁月的那边，只有秋雨还在下，淅沥，淅沥——

只有你还撑一把伞，在雨中慢慢地倾听，倾听秋雨的呢喃。

漫 步 旷 野

冬天的天光显得有点冷，却干净，干净得如女孩子的爱情，如婴儿的眼睛。

在这样的日子里，我爱一个人走上原野，让心情飞扬。

小镇的冬天，风不是很大，尤其在阳光下，柔柔的，抚着我的头发，扯着我的风衣，扯出一种潇洒和飘逸，让我置身其中不由得想到李商隐"驱车登古原"的意境，一定就是这个样子吧。心中无来由地升起一种悲怆。这一定就是文人们所说的怀古了。怀古的悲怆真美：一种天地之大，无路可通的无言忧伤萦绕心头，连风也仿佛受到了感染，变得多情而细腻。

忧伤总是美丽的。它让我们感觉到，我们的心还没有僵硬，还多愁善感。

阳光薄薄的,如纸,如纱,铺在人身上,如爱人脉脉的眼光。有人用"薄"来修饰阳光,很恰当,仿佛能拈得起来。拾起一片来嗅嗅,果然是温馨的气息,醉人的温馨。

温馨,是任何花草的香味都比拟不了的。

风吹着,一定能吹皱这冬日的阳光吧。"风乍起,吹皱一池春水",阳光轻淡如水,一定能被风儿吹皱,浮起一丝丝涟漪,仿佛一片石子飘过水面。

可惜,这种涟漪不是人人都能感受得到的。要感受得到,人必须有一颗柔软的心。

原野上,一切都在冬季里沉静下来,仿佛一个闺阁中的少妇,含蓄,蕴藉,一脸庄严。

路旁的溪水还是过去的溪水,可是瘦了点,亮了点,也婉约了点,在阳光下,如含情无语的女孩,可自然的情态依旧,流啊流,流出了千种相思万种娇媚。

水里,有天光,有云影,有绿绿的青苔,一切都静静的,在透明的水里做着悠然的梦。没睡着的,只有水里的鱼儿,一尾又一尾,在日光的照澈下如透明的,只能从身上几点淡淡的墨痕可以感觉到,那是一个个游动的生命。

"沧浪之水清兮,可以濯我缨。沧浪之水浊兮,可以濯我足。"这一条水不但可以濯缨濯足,而且还可以洗涤心神,让人浑身透明。

人行溪水边静静的,思想却在此时格外活跃。

尘世让我们深入,让我们享受,但也让我们贫乏。有些贫乏是技术和物质可以补充的;有些贫乏是书本和文字可以补充的;可还有些,是我们必须走入孤独和寂静中,去领会,去感悟才行。

就如此时的我,怀揣一颗感悟的心,在山野里静静地走着。

冬季的山里,没有了花儿的喧闹,没有了蜂蝶的开放,没有了生命的追逐,一切都静静的,静静如远古之世。只是,原野怕这太单调了,就飞溅出几粒鸟鸣,圆润如露珠,不沾染一点儿灰尘,融入耳中,也融入心里。

远处,天干干净净的,是一块天蓝色的梦。天的尽头有淡淡的一撇墨痕,细看,是炊烟。现在正是种洋芋的时候,农民们正在烧火粪。一缕烟子直上云霄,在晴空里清晰可鉴。烟的那一边，影影绰绰，是人家，是鸡鸣狗吠声。

阳光淡淡地斜射着，荡漾着一片山野里的祥和之气。

放飞的心，在这淡淡的阳光下，随意地舒展，随意地飘飞，如一根轻灵的羽毛，在阳光下晕染着胭脂的底色，轻闲得不沾一点人间烟尘。

为了生活，我们离不开尘世。为了精神，我们走入旷野。

山 城 悟 蝉

这儿是山城，小但很清秀，山环水绕，翠色如洗，举目皆绿。因此，无事时，我特意着一身薄衫，带几本旧书，悄悄地坐车而来，一个人租住在小城的一座8层楼上。

此时是阳历七月，在小城正是叶绿花红、水肥山青的时候，正好游山。可是我懒，只想静静地坐着，坐在高楼上，静静地倾听这山城的蝉鸣。

独听蝉鸣，在这小小的山城里，另有一番心灵的感悟。

蝉鸣如雨，时时的，从叶缝间流泻下来，从树荫中飞溅出来，从飘摇的柳丝里沁落出来，在风中摇曳着，拖着长长的尾音，一波三折，沁入窗内，流入我的耳中，渗入到我干枯的心田里。

知了——，知了——，无论是早晨、上午，还是黄昏，蝉们总是不知疲倦地在青山绿水间歌吟着，在亭台楼阁间的苍翠中清唱着，在行道树的枝叶间婉转着，带着一种顿悟的味道，一声声地叫着，仿佛在一声声地诉说着自己对生命的感悟，对自然的理解。

小城很小，但很美，很适合做这些蝉们生活的背景。

很多地方，如黄山、峨眉和泰山，纯是大山大水，如一篇篇大散文，或者小说。而这儿的山水，却小巧玲珑和谐，如一首清俊的绝句——唐人的绝句。"文章本天成，妙手偶得之"，一山一水，一亭一阁，甚至连岩上的一茎爬山虎，都生长得那样恰到好处。生活在小城的人们，在这样的山水间静静的生活着，静静地走，静静地笑，静静地听着这如雨的蝉鸣。

身在小城中，听着这一声声的蝉唱，心灵一定也会沁出汪汪的绿意吧。就连我这个远行而来的客人，也会从心里产生一丝绿意，产生一种启人身心的深省：蝉也能顿悟吗？它们能领悟到生命的真谛吗？它们一声声地歌吟，是赞颂生命的美好，还是慨叹生命的短暂？

独坐在斗室内，面对着一杯茶，我以手支颐，凝眉思索。

蝉在窗外，仍然一声长一声短地吟唱：知了——，知了——

难道它们是在告诫我们，生命就应该如它们一般，简单而明了，喝风饮露，临风清唱，振翅长吟？

或许它们是在歌唱一种生的单纯，死的自然吧。如果那样，它们或许也懂得了生命的短暂，懂得了怎样珍惜生命。一声声的歌吟，是它们在向世界证明自己的生存吗？

更或许是，它们在这青山绿水间，歌唱着自己的一种新的生活方式，一种天人合一、物我共存的生活方式。

蝉唱把我的思绪拉向了白云深处，拉向了大山深处，拉向了远山人家和炊烟的深处。我感到自己的心变得轻飘飘的，无限地大，仿佛能容纳整个山水，包纳夕阳、天空和小城，当然也包括蝉鸣。

真的，我感到蝉在我的心中吟唱，一声一声，叫出一片月白风清，一片山光缭绕。久久萦绕在我心中的疑问在这一刻全部消释了，代之而来的是一种释然。蝉叫，就是蝉叫，是自然而然发出的生命之音，是最自然的生命之歌。是我自己把简单的问题弄复杂了：人总是这样，总是爱把简单的问题弄复杂。这或许是蝉和人最大的区别。

想罢，回头一笑，只见霞光映照在粉墙上，蝉声在霞光中荡漾，盈满一室。人坐在这样的房中，这样的蝉声中，身心洁净，如一朵含苞待放的荷花，在向晚的夕光中,弥漫着细细的馨香。

蝉唱,仍是不绝于耳,在山城听来,如暮鼓晨钟中的一声声梵唱。

秋 风 吹 过

秋风又一次卷起,吹过西北,吹过土塬,吹蓝那儿的天,吹瘦那儿的水,吹飞满山的桐树叶,吹黄遍地的玉米黄豆。秋风吹过的地方,有我的家、我家的狗和我白发苍苍的娘。

"吱嘎嘎,吱嘎嘎",木门响处,走出我的娘。娘站在塬上,站在木门前,拢着手,望着远处的晨雾,望着晨雾中的远山。娘的后面跟着大白狗,不时"汪汪"地叫两声,红铜一般响亮。娘回过头叫住大白狗,娘的声音颤悠悠的,在西北风中飘散开,如扔在水里的一根苇草,打个旋儿,一眨眼间,就失去了踪影。

大野无声,偶尔传来娘的咳嗽声。

蓝汪汪的天像一块水晶,水晶上擦过几块白羊肚手巾一样的云,云下是一座座苍凉的土塬,塬上站着一个黑黑的人影,那就是娘。娘驼着背站在塬上,任西北风撕扯着自己花白的头发,扯成塬上一棵最后的庄稼,一棵寒颤颤的棉花。

娘是田野里的最后一棵庄稼。

玉米掰了,稻谷收了,棉花摘了,娘就成了田野里的最后一棵庄稼。

娘对庄稼就像对自己的儿子一样:娘说庄稼长得好时不说好,总说长得疼人;娘每天起早贪黑顶着月亮屁股上山下坡,侍弄着那几亩瘠薄的土地,娘对儿子说,多种一耙,不如早种一夜;娘总是把地里的石头拾在一块,砌好,说:"一个石头四两油,没有石头人发愁。"娘的话不经典,可扎实,扎实得如脚下的土地,如土地上的庄稼。

娘就是在那贫瘠的土地上给儿子种出学费的。

娘就是在那贫瘠的土地上给儿子种出结婚的家具的。

当第一片树叶落下来的时候，当第一场秋雨淋下来的时候，当第一股冰冷的山风吹得木门"吱嘎吱嘎"响的时候，木门里走出我的娘。

娘在山风里咳嗽着。坡上有人在犁地，一板一眼地吆着牛；坡上有人在撒种，粗喉咙大嗓门唱着山歌；坡上有娘的豆秧玉米秆——没有了豆荚玉米棒子的豆秧玉米秆显得十分孤独，就像放飞了儿子的娘一样孤独。

那些枯黄苍老的豆秧玉米秆啊，以它们的一生养活了娘的公婆，又养活了娘和娘的儿孙们，娘从心里感激。

阳光泛在田野里，一片金光；阳光泛在娘头上，一片银光。

收割后的豆秧和玉米秆就在娘的背上成捆地晃动着，小山一样，一路磕磕绊绊地晃动着。风吹动着柴捆，柴捆带动着娘，柴捆滚，娘就滚；柴捆停，娘就停。

娘的身后，是一轮苍黄的夕阳。

娘驮着一轮夕阳，艰难地向家里走去，娘的身子弯成了一张弓。夕阳远远看去像娘的斗笠，又像娘头上的一轮光环。

记得小时候，娘也经常这样，把龙须草，把葛条叶，把玉米棒子一背篓一背篓背回来。高高的古塬上落着一轮亘古的太阳，如天地间一个巨大的惊叹号。夕阳下，在如血的光里，一个蚂蚁般的黑点在蠕蠕地动，仿佛负载着天地间最重的重物似的，慢慢地，一寸一寸地动，那就是我的娘。

我站在门前桑树下，迎着凉凉的风喊："娘，回来吆——"

古塬也应着声音喊："娘，回来吆——"

娘不应，只是蠕蠕地动，仿佛驮着一轮沉重的夕阳在动。夕阳那么大那么大，大得如一轮碾盘，娘怎么驮得动呢。

娘，不累吗？

娘，歇一下吧！

娘的儿子，娘唯一的儿子，娘那个在土地上生土地上长却不想在土地上刨食的儿子，拿一支笔在贫乏的感情土地上播种着几粒干瘪的文字，他站得远远的,站在故乡以外的土地上,站在娘做梦也到达不了的城市里,遥望着苍茫的古塬,遥望着远天的白云,遥望着那日益年迈白发苍苍的娘,热泪盈眶。

娘不说话,笑笑。站在门前,把手搭在额头,望望天,望望山,拿起镰刀,带上那只苍老的大白狗,向塬顶走去。

身后,秋风又起。

这风啊,吹过西北,吹过古塬,吹过娘的土房子和狗,也吹着娘——吹着我那六十多岁了仍在土地上刨食的娘,吹着我那到死都不会放下锄头镰刀的娘。

阳 关 凭 吊

车过敦煌,阳关何处?

夕阳下,平沙万里,荒无人烟,没有了芦管声声,在夕阳下悠扬苍凉;没有了碛里征人,回首望乡;没有了刁斗声回肠荡气,让人落泪。金鼓声远去,硝烟散尽,天地间只剩下一轮夕阳,在地平线上苍黄浮沉。

间或,有驼铃一声一声,如清泉,在沙漠深处滴落。

阳关,那么熟悉,又那么陌生。对于每一个中国人而言,自小就知道它。"你走你的阳关道,我走我的独木桥",听到这句谚语时,我还很小。心想,阳关一定有一个很大的城门洞儿吧。那儿大道平直,直通天边,车马往来,人流如水。总之,那儿是一个花红柳绿的地方,随手在地上一拾,就是一个美丽的传说;随口一吟,就是一首美丽的诗歌。

到了读王维的"劝君更尽一杯酒,西去阳关无故人"时,心里则有一片怅然。原来,阳关竟是如此的凄冷,如此的苍茫。想象中,那儿一定是大漠孤烟,长河落日,旷远寥廓,苍凉无边了。

现在，终于来到阳关，来验证自己少年时代的梦。

敦煌城西七十多里处，就是阳关，三面沙丘，一面沙梁，环抱着一处塌陷的烽火台，上面有一个牌子，书"阳关古城"。一时，羌笛声声，金戈铁马，古道斜阳，白衣负剑，无来由地在耳畔眼前闪现。

然而，时下什么也没有，历史早已远去，汉唐早已成了岁月深处的纪念碑；阳关古城，也成了历史里的一道风景。心里漫上一抹挥不去的忧伤。

沙丘上，只有千年万年的风，在这儿来去如昨；只有那轮大漠夕阳，浑圆无缺。其余的一切，都湮没在连天的黄沙中，湮没在时间的河流中。

导游说，阳关古城砖，是此地一宝，磨成砚台，就是名扬中外的"阳关砚"。有人听到，遍地寻找，有陶片，有瓦当，就是没有那物什，很是失望。

我觉得这样更好。

因为，古代的将士，和他们嗒嗒的马蹄，当年西出阳关时，绝不是为了一块价值不菲的阳关砚。据说，当年他们在沙漠中开垦田地，引雪山清泉，硬是在阳关之西灌出一片北国江南，塞外乐土。

因为当年的诗人挥别长安，作别亲人，西来阳关时，也不是为了一方什么名砚。当他们在一个细雨如烟的早晨，折一段柳枝，挥一挥衣袖时，心里一定是怀着一个美丽的梦想，来看沙漠斜阳，来听荒原羌笛，或几声驼铃，清新一下自己的诗心的。

今天，我们更不应仅仅为阳关砚而来。

个中原因，我说不出来。但我隐隐约约知道，如果这样，是对阳关的贱视，对古诗的贱视，对那个遥远的岁月和文化的贱视。

古老的阳关，在大漠黄昏中，在月光如雪中，在风沙漫天中，隐藏了很多很多东西，譬如将军的长叹，譬如士兵的乡思，譬如诗人的长吟，当然，还有僧人的背影，商人的驼铃，西域三十六国的繁华，等等。这些，都在遥望着我们，等待着我们。

西去阳关。西去，寻找我们竖行文字的往昔。

立在阳关古城遗址上，风撕扯着我的思绪，无边无沿，没有底止。

与 荷 对 语

仿佛冥冥中,我是冲这塘荷来的。

塘不大,在山的转弯处,一溪活水流过,扯下一绺,在山崖上一滑,就溅了下来,哗哗地响,虽小但瀑布的样子十足。远看一绺儿薄纱,烟一把雾一把,做尽姿态。

近了才发现,瀑布下不远处,就是一面池塘,席子大。

塘内密密麻麻挤着的都是荷叶,在那儿静静地立着,仿佛如我一般,也在仰头观瀑。所有的叶子都仰起脸盘,对着瀑布倾侧着,认真、好奇,如一个个山里来的没经见过世面的女孩:有的身姿修长,亭亭玉立;有的三五相挨,边看边交头接耳;有两茎刚冒出水面,还没有荷叶的形态,可已有了荷叶的风致,羞羞涩涩、躲躲闪闪的,怕得见人。

荷花一朵两朵点缀在叶间。山里蜻蜓不多,但仍有一两只飞来的,在花儿上停一会儿,这一刻花儿袅袅娜娜的,更见娇柔了。

荷叶很绿,绿得倾心,绿得醉眼。叶上有一颗颗水珠,是瀑布上飞下来的,在荷叶上做珍珠样,做碎钻样,小到极点,也精致到极点。每一粒水珠里都映着一星绿。那绿仿佛是水珠的灵魂,水珠的心核。绿透过水珠,也依然翠得炫目,绿得耀眼,如绿色的电火花,在一星一星闪烁。

荷花上当然也有水珠,珠圆晶莹,清亮闪烁。那些荷花如我故乡河边打水仗的女孩,清泠泠的笑声,一时灌满我的双耳,还有我的心。

从小城来,染一身灰尘,还有一身劳累,在盛夏的午后,我一个人悄悄走来,静静面对这一池荷,瀑声远去了,鸟鸣远去了,一切虫吟也远去了。

只有我与荷在对望。

四野里,有清风吹来,拂在衣襟上,拂在脸上,也拂在身上。淡淡的荷的香味,浮荡在我的周围,浮荡在我的身上,也润人我的肺中,我的血液中。我感到我的血管中也流淌着青葱、嫩绿,还有洁净和自然。

我想,做一支荷真幸福。

沉思间,手机铃响了,震破了山里的宁静。一只蜻蜓在花朵上受到铃声的惊吓,鼓翅飞起,花儿倾侧起来,摇晃着,仿佛不胜惊吓。

一池的宁静,一山的宁静,被我的手机声打破。

我依依不舍而又不得不离开这儿。

走了几步,忍不住回过头,荷叶在风中田田地波动,形成一波波绿。花儿在风中俯仰生姿,明媚而雅致。

这些荷,她们展叶、开花,静立如姝,一切随心所愿,从不强迫自己。

她们是自自然然地生,自自然然地绿,自自然然地开。

面对荷,人总会感到俗气,感到自惭形秽。

巴 望 新 年

我巴望新年的那种急切心情,如小孩一般,以至于妻子笑话我,说我长不大,童心未泯。

一句话,让我苦笑。

我爱新年,纯为了享受那份安闲,一份从心底透出的安闲和轻松。

整日,在单位里,我忙怕了。单位是一所省重点中学,教学质量就是命根子。所以教师也成了陀螺,早晨顶着星星起床,晚上披着月光回家。忙不说;累! 不是身体累,是心累:抓质量,抓安全,一月一评比,年终大评比,一年三百多天,无一天安闲。

我与其他人相比，更忙。

平日里，教学之余，总要挤一点时间，写个几千字的稿子，送回家让妻子打好，自己挤点空闲，校对，发送。

算算，要想休息只有新年。

也因此，年年过年，我总要郑重其事回到山里老家，痛痛快快地过年，舒舒心心地享受。那种轻松、悠然，一年只有一次。

回到农村，心里舒坦。

自己的乡村，一切都显得那么熟悉，又那么亲切。假期里，每天我爱一早起来，沿着家门前的水泥公路，一步步向前走，一点也不急，走一走，停一停，然后东望望，西看看，尤其看到自己小时摔跤的地方，或者疯玩的地方，总会站下来，长久地沉浸在回忆中。

门前有一条河，在我的记忆里，水一直清澈见底，河边长满蒿草，一条小路顺蒿草穿行。我爱顺小路走，有时捡一块石头坐下来，一直到家里饭熟，母亲喊我才回去。

家乡人熟，心里也轻松。

山里的人，心地像土地一样淳朴。回家后，我爱一家一家地去坐，聊天。两人，或者几个人，坐在院子中，一杯茶，一盘瓜子，随便地谈，说收成，说天气，甚至说生老病死，想到哪儿说到哪儿，从不担心得罪人，也从不在心中设防。

回到村中，我最爱到隔壁三婆家坐。老人已经八十多岁了，头发雪一样，没一根不白的。我爱坐在那儿，看老人一脸安静地搓草绳，剥桐籽，或者做别的。

不知什么原因，看到老人，我的心中会自然地产生一种安静，一种巨大的安闲。

我更喜欢山里的风俗。

一到腊月前后，公路上摩托车来来去去地飞奔，在外地打工的小伙子，一个个回来了。摩托车后，总会带着一个个女孩，洒下一路的笑声，把一种无言的幸福，播撒到每一个人心中。

这里的人，虽很少同姓，但辈分排得清清楚楚，绝没有"同志"或者"先生""女士"的称呼，他们也不会。一般的，晚辈见长辈，总是笑着递一根烟，喊一声"叔"或者"伯"。当然，辈分再高的，就要称"爷"和"奶"，要问候"最近身体好吧？要注意身体啊"，等等。

长辈对晚辈，要问在外面怎么样，找到媳妇没有，找到了，就一笑："到时要请长辈喝一杯喜酒啊！"没找到，不忘了嘱咐一句："赶快找啊，不行了，叔给你介绍一个。"

反正，这儿没有争嘴的，更少了些背后算计人的事情发生。

尤其在过年期间，山里人爱四处走动，绝不像城里人，带着礼物，给领导拜年，给上司送礼。这儿的人一般都是你跑到我家玩，我跑到你家玩，暖暖的太阳，红红的春联，大家坐在院子里，打牌、下象棋、唠家常，到了晌午，都别走，主人早把酒菜整治好了，一壶酒，几碟菜，高高兴兴，围坐一起。

在这种情况下，主人留客，绝没有哪个客人客气离开的。

是啊，大家一年到头都在外面转悠，好不容易瞅出这样个机会，在一块儿聚聚，亲兄弟一般，要客气那多见外。

几壶酒喝罢，一个个醺醺然的样子，走出来夕阳已经过河，对面山上一片清冷，一天又过去了。

这样的酒席，每年回去我都要参加十几次，一直喝到正月初六，上班时还有人留劝："喝了酒再去上班。"

我也很是恋恋不舍。

可惜，上班的时间是不能错过的，只得坐车离去，很远了回过头，仍能看到一片干净的太阳笼着的小村，笼罩着一片祥和、幸福。想想，村里的人此时大概还在喝酒闲聊吧。一时心里羡慕得要死。

什么时候退休了，一定回到小村，好好地享受一下这种福分。

第五辑 / **在书里借一片清凉**

在书里借一片清凉

　　我生活的地方，是一个小镇，粉墙蓝瓦，小巷通幽；远山如修眉一般，淡淡皱起，一拢两拢，拢住小镇。5条河水白亮亮地流淌，在小镇穿过，很有江南韵味。在这儿，春秋冬三季，风景如画，可是一到了夏季，气温就特别高，让人热得难以忍受。解除闷热的唯一办法，就是读书。此时读书，不宜读深奥难懂的文字，或者艰涩乏味的东西，让人汗流浃背之际，更加烦躁。

　　此时读书，最好是周作人的小品。

　　读周作人的小品，心里自有一片阴凉，涓涓沁绿，让人的身子在不知不觉中，烦躁俱无，一身轻松，仿佛连灵魂也变得洁净，纤尘不染。

　　周作人的小品，干净如一滴清露，凉爽如一缕轻风，清新如沙漠中的一茎绿草，让我们在最劳累的时候，能很好地安歇一下自己的心灵，平静一下自己的思想。

　　周氏文章，是确确实实的美文。

　　周作人小品之美，首先在于文字。周氏文字干净、纯洁，不沾染一点世俗的尘渣。每一个字都珠圆玉润，晶莹剔透，既能上口朗诵，晓畅如水；又含着一种典雅，一种情态。仿佛田野间行走的一个山野村姑，一边微笑着行走在三月的田野，一边簪着花，簪的不是牡丹，不是月季，而是一朵淡淡的蒲公英。

　　周作人的文字，有一种自然摇曳的风致，如一朵蒲公英，在塬上无风自开，在雨中淡黄素白，一种清新，一种淡然，耐人咀嚼，又意味无穷。

　　周作人小品之美，其次在于意境。周氏小品，工笔描写，笔意清雅。在漫不经心的叙说中，给人一种美，一种淡雅清白的享受。在他的笔下，无论是老家白白亮亮的水，还是古城深处的石板小巷以及水面上航行的乌篷船；也不管是酒店叫卖的茴香豆，还是豆腐干，都是那么让人神往。他总能在有意无意中，勾画出一幅市井画面，让人感到恬淡而宁静，清幽而充满故乡的温馨。

有时想想，如果能沿着石板路，走进周氏小品文中的茶馆里，坐一会儿，或者品一会儿茶，让一颗世俗的心歇息一下，该有多好啊。

可惜，我们是俗人，周氏也是俗人，我们永远都无法摆脱名缰利锁的束缚。这，大概就是人身为人的悲哀吧。

我们永远思念故乡，包括故乡的山，故乡的水，故乡的民歌，还有村头的柳树，树下的河水以及水的两岸人歌笑语、炊烟袅袅的情景。可我们永远无法回到故乡，因为，我们一直奔波在名利的旅途中，一直到我们离开这个纷繁复杂的世界。

周作人的小品，永远包含着这种不经意的乡愁。乡愁，总是那么美，美得让我们断魂。

周作人的小品文之美，还在于他有一种安闲的心绪。周氏小品文可谈天说地，讲故乡的白杨、山里的乌桕、田间的野菜、陈列的古董，还有茶，有酒。作者信笔写来，浑不着力，仿佛在与故人灯下对坐，娓娓而谈。让人在这种叙说中，滋生一种向往，一种安闲，一种采菊东篱、南山在望的悠然；一种步雪折梅、漫步庭前的散漫。

"浮生又得半日闲"，是一种可意会而不可言传的轻松平静，这种轻松，这种平静，可以在阅读周作人的散文中得到。

周作人的小品文，实在是夏日的一片绿荫，是沉沦尘世的一声晨钟，让我们惊醒，让我们烟火气尽去，而浑身产生一种飘逸的仙气。

周作人的小品文，隐士味很重，很好。

 月 牙 木 梳

　　木梳现在很少见了，这实在是女人的损失。

　　每次看见木梳，潜意识里总会出现一幅画面：一个女子，长发飘逸，坐在那儿，用一把木梳慢慢地梳理着，精心、细致。大概是三四月吧，蝴蝶飞飞，蜜蜂嗡嗡，一点没有引起她的注意，她只是聚精会神地梳着头发，把自己梳成了一幅美丽的画。然后，把头发挽成一个高高的发髻，挽出一种高贵，一种含蓄和优雅。

　　小家碧玉的女子，一般没有什么首饰，于是，随手把月牙木梳插在发髻上，如乌云堆里，透出一牙月影，再衬着女人洁白丰盈的脸蛋和一双长眉细目，把清水芙蓉这个词诠释得淋漓尽致。

　　木梳，随着岁月的打磨，在一双纤纤手中，光滑而发亮。

　　女人，因为一双木梳，婉约而柔媚。

　　这种古典美，经常会从中国的仕女画中看到。每一次看到，我都会为那种曾经的美感叹不已，在物质不太充裕的时代，一把木梳，竟让一个个女子如诗如画，把生活过成了一种艺术。

　　这样的画，张爱玲也看到过，不过不是中国仕女画，而且日本的浮世绘，喜多川歌磨的，名《青楼十二时》，专记录艺妓的。她曾在《忘不了的画》中写过丑时的一幅："深宵的女人握上家用的木梳，一只手捉住胸前的轻花衣服，防它滑下肩来，一只手握着一炷香，——她立在那了，像是太高，低垂的领子太细，太长，还没踏到木屐上的小白脚又小得不合适，然而她确实知道自己是被爱着的，虽然那时候只有她一个人在那里，因为心定，夜显得更静了，也更悠久。"

　　我常常思索这段文字，想那女孩为什么"确实知道自己是被爱着的"，唯一

的解释是，这样文静的女子，心里一定充满了爱，以己推人，觉得世人都是爱着他人的人和被爱的人吧。

文静温婉的人，一定是心中有爱的人，是能宽容的人。

只不过，张爱玲没写到女孩头上的月牙木梳，让人遗憾，后来让吴克诚补上了。

吴克诚在一篇小文《凉夜》中，写了这些女孩的样子：用鹅黄色的月牙木梳，戴象牙色发簪，点橘色唇，发髻如蝶，翩翩若飞，宽身大袖的和服扩张着，里面裹挟着无边的风月，美艳，轻盈。

这两个人都是高手，两支笔，写尽女孩的轻盈神态。可惜，喜多川歌磨的浮世绘我没看见，不敢言。但不久前，在一本讲茶道的书上，看到一幅仕女图片时，一时无言。

画中女子，宽衣大袖，点朱唇，鸦翅弯眉，斜侧身子坐在木椅上，脸上挂着如水笑容，纤纤十指合拢，拿一盏茶，水汽氤氲。女孩发如云，层层叠叠，乌发堆里，斜插一月牙木梳。

静静的，看着那张画册，我只感到一种大静大美，充溢在四周空气中。这种沉静的美在流淌，在弥漫，在浸润。看罢让人身心如洗，烦躁尽除，只感到生活的美好，生命的温暖和洁净。

女孩脖子很长，秀美如鹤，更衬得那一牙木梳冉冉如月，悄然升起。

一时，我恍然大悟，张爱玲所说女孩颈太细太长，是宽衣大袖的原因，由于宽衣大袖，所以露出肩部；由于露肩，所以更加衬出颈子细长，而这种细长，更让女孩显得洁净而高雅。

其时，时下的旗袍也能达到这种效果，让女孩颈长如鹤，如果在发间斜插一月牙木梳，一定不会输于古典仕女的样子。可是，放眼眼下，还有几人在用木梳呢？即便用月牙木梳，即便打袖大衣宽衣大袖，也只是东施效颦，只有其形而无其神。

所以，我们在红尘滚滚中消失的，不仅仅是一牙木梳。

寂寞，在歌唱

一次会议上，很偶然的，我看到一个笔记本，淡蓝色的扉页上，丝丝的雨斜飘下来，一个长发飘飘的女孩，在雨丝中双手合拢。旁边有一段话："你听，寂寞在歌唱，温柔的，轻轻的，歌声是那么残忍，让人忍不住泪流成河！"

语言如水，轻轻地滋润着我的心。我的心里，一刹那长出一地青草，为那流畅的语言，为那洁白的寂寞。

"你听，寂寞在歌唱，温柔的，轻轻的"，多好的声音啊，多美的寂寞啊，美得残忍，也美得刻骨铭心。

我曾写过一篇《秋雨的韵味》，发表在《中国电视报》上，后来，被一个朋友设计成了电子画面，送给我。一刹那间，我震惊在这幅画面中：蓝得如透明玻璃的天空，银线一样的雨丝斜飞下来，一个白裙女孩，在青色欲滴中撑一朵素色的伞。女孩的脸上，是一种旷古的寂寞之情，眼睛开阖之间，有一朵泪滑下，仿佛在问，你知道寂寞的味道吗？

那一刻，我感觉到，我的那篇文字已成多余。我的身心，都融入那淡淡的雨色中，有一种千古寂寞，沿着雨水，沿着空气，直浮到人的心尖上。

同时，有一种愉悦也淡淡滋生：能感受寂寞，生命才能饱满。

这种感觉，不止一次地曾经袭扰过我。

去年一个夏季，我写的一个故事得了二等奖，被一个编辑部邀去开会，按照邀请函上的指示，一下车，就陷在了茫茫人海中，一时竟不辨东西。从车站走出，街道上人来人往，形色匆匆。此时，夕阳西下，身影拉长，一个人在等着编辑部的人来接，那一刻，晚风如水触体生凉，而心上，无来由地生出一丝酸楚。这酸楚,该就是寂寞吧? 这感觉,随着编辑部的人到来,消失得无影无踪,甚至,我还没来得及品咂它的滋味。

但我知道,寂寞始终在我灵魂深处歌唱,温柔的,轻轻的。在我们远离故土时,在我们行走在异乡的街道时,在我们思念亲人时,寂寞都会不期而至,让我们泪流成河。

有寂寞的时候,就有眼泪,就能感觉到心灵在疼痛。

有寂寞的时候,才知道,我们的心里,还有深沉的思念。

寂寞真好,尤其在这个红尘滚滚的社会。它告诉我们,至少我们的心还没有结痂,还能感受到离别之痛,能感受到思乡之苦,能感受到对朋友、对亲人的思念。

你听,真的,寂寞在歌唱,轻轻的,轻轻的——

远去的老茶馆

知堂老人名其室为苦茶庵,以老僧自居,一壶一杯,在苦茶庵里打发日子,兴致来时,写上几笔谈天说地的文字,好不轻闲。然而,在他的文章里,很少读到有关茶馆的文字,大概是他有苦茶庵可以消磨时间吧。其实,茶馆是很值得一写的。

茶馆,有简单的,也有复杂的。

简单的是茶摊,一个碳炉一把水壶,外带着几个粗瓷大碗,在路边一蹲,就成了。过路客商,来往行人,口渴了,掏出几个铜子,淡黄苦涩的一碗,咕嘟咕嘟咽下,解渴,也便宜。

至于慢饮,优哉游哉,就得进茶馆了。

　　茶馆一般门前挂一招牌,书一"茶"字,迎风飘摇。门上照例挂副木刻对联,或云"忙什么? 领我这雀舌茶百文一碗;走哪里? 听他摆龙门阵再饮三盅",或云"松风煮茗,竹雨谈诗"。茶馆有的临水,有的面山,有的门前长几棵粗槐大柳。总之,环境幽雅。馆内木桌竹椅,摆设齐全。另外,旧时茶馆里还有一样设备不可不说,就是老虎灶。老虎灶是茶馆常用的,灶前上方大多挂着一个铁瓮子。一般情况下,锅中水开,瓮中水也就热了。这样,当锅中水用来泡茶后,瓮中水舀入锅中,省柴。这种锅平时绝对不许用来做饭炒菜,以免开水沾了油腻,泡茶时坏了茶味。

　　茶馆如市井。在这儿,卖针头线脑的,修剪指甲的,理发的,卖唱的,卖瓜子香烟的,一一上场,嘤嘤嗡嗡一片。

　　"先生,要瓜子吗? "

　　"香烟,香烟—"

　　饮酒食荤,饮茶食素。要一碟煮干丝:卖茶点的师傅放下臂上的小竹篮,拿出一小块豆腐干,飞快地切成细丝,开水一浇,烫熟,蓖掉水,浇上麻辣酱油,清清淡淡一碟茶点放在面前,再沏一壶茶。那滋味那闲适,美着呢。

　　古人有酒隐,即沉入醉乡,累月不醒,阮籍就是如此。其实,茶隐比酒隐更美,更显得高雅、闲适,无损于身体。

　　生活在小镇,一天工作下来,劳累了,疲乏了,换一身干净便衫,轻轻爽爽走进茶馆。在这儿,无论达官贵人,无论农人学子,每人手里都是一把瓷壶一只茶杯,边喝边谈,不分高下,不分贤愚,你说的我同意,我说的你点头,间或也会为了古书中的事情争得面红耳赤,可不一会儿,又和好如初,亲密交谈了。也有喜欢清静的,一个人占住一个角落,边喝茶,边看着窗外的流水长天,悠悠白云,一壶茶喝罢,心中的郁闷早已随云去了。

　　茶馆,实在是人们聚会和交流感情的好场所。

　　可惜,随着时间的流逝,茶馆也成了古诗或古典小说中的点缀了,而今,茶馆似乎从我们的生活消失了。达官贵人坐在小车里抱着保温杯,名人文士躲在书房里拿把紫砂壶,普通百姓拿只玻璃杯,"躲进小楼成一统",再也很难聚到一块了。

茶馆,也终于成了一处可望而不可即的风景了

纸 的 呢 喃

我是纸,你是毛笔,一生一世,我们发誓不分离。

在一方古砚旁,我们相遇,以砚为媒,以墨传情,我们相识,并最终相爱。那时,月光如洗,桂香如梦,我们相偎相依,低低切切,无所不谈。我们吐气如兰,文字如珠,或婉约,或清雅,或含蓄,都泛着一种灵秀,一种儒雅,一种浓浓的书卷气。

今天,我在这里回忆,回忆我们的过去,回忆我们所书写的文字,万千温暖,仍如春风在心头涤荡,舒适而熨帖。

这些文字,竖行排列,散发着淡淡的墨香:有的矫如游龙,飘如白云;有的敦实而厚重,如一座座丰碑;有的丰腴圆润;有的清瘦刚劲。那燕瘦环肥的字体啊,引无数文人竞折腰,也让我们得意,兴奋。

二

你颀长秀挺,玉树临风,温文尔雅,是最典雅的书生;

我洁白幽雅,含蓄柔媚,婉约细腻,是最娇柔的仕女。

那时,在千年的文化史里,我彳亍独行,默默地寻找,寻找着千百回梦中的你。

梦里的你有一身傲骨,一身文雅,一身清秀。你有一种百折千回的柔韧,有

一千种细腻体贴的温柔:傲骨中有温情,温雅里透风骨。我想,只有这种素质,才和我相配,才让所有的语言文字,眉飞色舞,生色增辉。看到你的那一瞬间,我眩晕了,默默地,我从心里感谢上苍:你比我想象的更完美,更潇洒,完美潇洒得让我心旌动摇。

千年的等待,千年的相遇,必将创造千年的绝唱。

你叫毛笔,我叫纸,我们,是天造地设的一对。

三

为了你,我愿意千娇百媚,我愿意温柔细腻,我愿意伴你在书房中,绘画吟诗,磨墨写字。

我出身寒微,是一个宫里人,用麻头,用破布,用树皮,捣乱,浸泡,过滤后,我出现了。他说,你叫纸吧——那是一种白,一种美,一种千年文化的精魂。

于是,我白生生的生命,有了个光辉的名字——纸。

我的出现,标志着一个光辉灿烂的时代,也即将开始。

但,自从遇见你,我才认识到,我的美,我的洁净美丽,一切都是为了你,都是等待你,都是迎接你。

那时,你已早早地卓立案头,一身潇洒。亲爱的,你是在等我吗?

四

两千年的月光,一直照在窗外,清新,水汽氤氲。

两千来年的菊花,淡了又黄,黄了又瘦,在诗人的篱外渲染秋天。

我们一直相依案头,借一轮月光,借一枝清香,书写着岁月的感受,时间的流逝,还有一个个读书人的心思。

那时,我们在月夜里听笛,听《落梅花》的曲子飘满洛城,飘满春天。那时,我们陪伴着诗人一块儿走向江南,走向"日出江花红胜火"的地方,走向寒鸦外的村庄。

我们很劳累，也很幸福。因为，一个民族几千年的文明，让我们传承、让我们相陪，使我们激动使、我们幸福。

那时，我们相信，我们永不分离，因为我是纸，你是毛笔。

五

仿佛大梦一场，你消失了。我的身边，没有了你秀挺的身子和温柔的呵护，也没有了那灵秀的文字和飘逸的书法。

一夜之间，我白发三千丈。

茫茫岁月中，我寻找着，寻找江南的月色，寻找着二十四桥的箫音，寻找着苏州的水巷、塞北的雪。我苦苦寻找着，寻找着这些陪伴你的美好的诗意和你远逝的影子。

一切，都是枉然。

那梅花那枫叶，那赤壁那江水，那二胡咿呀的小巷，那轮被李白吟过苏轼问过的月，都随你一起消失在红尘深处。

只有红尘，只有喧闹，让我人比黄花瘦。

代你而来的，是钢笔，一只只或镀金，或镂着花纹的钢笔，腆着个大肚子，带着一副暴发户的嘴脸，带着一身富贵气，来到我面前。

失去了你，一日日窗下，我对着夕阳，扪心自问，我，还是纸吗？

六

我在红尘中流落，我已非我，我已失去了洁净，失去了柔媚，再也没有了脱俗的内韵和洁白的风骨。

没有了一行行灵秀的文字，罩着汪汪的墨气。

没有了逆锋而上的水灵灵的兰花，还有墨葡萄，和诗歌里那平平仄仄的吟哦以及月光如水的一地诗意。

我是发票，我是保证书，我是文约，我是巨幅美女广告，把大街小巷贴得一片狼藉。

没有了你的呵护，我已非我，我如流落红尘的女子，描眉点唇，搔首留情。

我憔悴，我不堪，我心灵破碎。

尤其时下，一些七拼八凑出来的文字，把我打扮得花里胡哨，面目全非。再来时，你还认得我吗？

千年的月光下，我在等你，等你在古文字的小巷里，在乐游原的夕阳下，在染满枫叶的石径上。任落叶缤纷，落了我一身，落满我的灵魂。

你会来的，我相信，因为我在等你；因为，你是毛笔，我是纸。

清明的韵味

清明不是节气，是一种思念，对游子来说。

春天的风，醺醺的，浓得化不开。在翠绿的风中，有燕子在叫，一声又一声的，都是儿时的声音，都是乡土的声音。多少年了，头发斑白，潇洒不再，未改的只有乡音，只有燕子的歌唱声，"唧"的一声，又"唧"的一声，把童年的天空，把故乡的岁月，叫得一片嘹亮。

故乡的草，这时候一定又绿遍了田野，绿遍了小河，也绿遍了祖先的坟茔。

春天总是有雨的，细细密密一夜，给山们缝制了一面绿毯子，毛茸茸的。走近看，一根根的草尖，嫩黄水灵，上面都挂着一颗颗碎钻，在阳光下闪着一丝丝的光，是露珠。

"草儿嫩，桃花红，小小儿郎祭祖坟。"故乡的儿歌这时也嘹亮起来，响在一簇簇桃花杏花深处,响在一处处炊烟的深处。

少年时的我,就在这样的儿歌声中,走向祖坟。

沿着一条不宽的沟走进去,小路坦坦地卧在那里,太阳坦坦地卧在那里,狗叫声也坦坦地回荡在那里。公路拐了几个弯,上了一个高土包,路边不远处,一丛青翠,笼着几个土馒头一样的坟茔,就是我家的祖坟了。

我爷的坟,我奶的坟,我太爷的坟,我太奶的坟,都整整齐齐地排列在那儿。风柔柔地吹,吹得梨花白,吹得桃花红,吹得他们坟头的草一片青葱。

远处,传来山歌:"人在世间哎,要学好哎——,莫学南山一丛草,风一吹来两面倒——"歌声摇曳而嘶哑,有一种亘古的苍凉,汇入到响晴的天空中,只有尾音,在白云间缭绕,在山水间缭绕,在风中缭绕,久久不散。

先人们静静地躺在那儿,躺在山歌白云下,躺在山坡土壤下。

当年,他们一定也曾唱过这歌,或者曾经听过这歌。那时,他们在山歌中一定也来给自己的祖先上坟,就像今天的我一样。我在山歌声中,慢慢走进墓园,地上草色一片,让人不忍下脚。

放下筛子,拿出一壶酒,几碟菜,再在坟旁树上挂上几串纸条,放一挂小鞭炮,恭恭敬敬地跪下,叩几个头,上一炷香。

心思,也在香头的烟里慢慢浮荡。此时,面对着祖坟,自己知道自己的根在哪儿,自己身上血液的源头在哪儿,灵魂也就得到了一丝安慰。

当然,有时也会拿上锨:祖先的坟头或塌了,或有洞,补上一锨土。坟,是先人的家啊,总不能让先人淋雨啊,总不能让先人受凉啊。

然后,就走,走西口,走南北,走四面八方,从小走到老。身体劳累,但心不累,知道自己是哪儿来的,知道自己身后有一双双眼睛在凝望,一个人做事就坦荡起来,心地也坦然起来。

清明,不是节气,是面对祖先,进行内心的自省。

人,无论走多远,走不出岁月,走不出春天,走不出乡音,更走不出清明。清明,更是一种乡愁,

前日,电话中弟弟说,哥,爷坟头上的梨花开了,雪一样的白。一句话,让我

热泪直流。我的思念，又回到了故乡，祖先的坟茔上，梨花如雪，一片一片飘落，在草丛，在树林，在人的襟袖间，如蝶，如雪，脚踩上去，软绵绵的，让人心疼。

两年没回去祭拜了，祖坟大概已荒草连片了吧，这让我突然想起《枫窗小牍》中的一段话："鸡冠花，汴中谓之洗手花，中元节前，儿童卖唱，以供祖先。今来山中，此花满庭，有高及丈余者。每遥念坟墓，涕泣潸然。"

今年有倒春寒，不知祖坟上那棵梨树开了没有，甚念。

清明草，何青青？青葱了故园，青葱了祖坟，也青葱了游子的心。

亦痴亦情一诗僧

中国有两位名僧，一位是写"长亭外，古道边，芳草碧连天"的李叔同，即弘一法师；另一个则是曼殊。相较而言，我认为，二人中曼殊更显得风神潇洒，个性卓异，让人倾倒。

曼殊的独特，关键在于一个"真"字。

曼殊之真，首先在诗。那时，旧体诗已如乐游原上的残照，只留下最后一抹病态的红晕。而新诗呢，又璞玉未凿，粗糙不堪。这时，曼殊的诗毫无铅华，素衣登场，"却扇一顾，倾城失色"。

曼殊的诗清新自然，圆润雅致。曼殊是诗人，又擅长丹青，再加上他事事皆动情，随口一曲，妙绝天成：婉约追柳永，流丽如杜牧，意境清新明媚可直追清初诗坛领袖王渔洋。如其著名的《本事诗》十首中的第九首"春雨楼头尺八箫，何时归看浙江潮？芒鞋破钵无人识，踏过樱花第几桥？"是可和小杜诗相媲美的。而他的"柳荫深处马蹄骄，无际银沙逐退潮。茅店冰旗知市近，满山红叶女郎樵"（《过莆田》），即使放于盛唐诗中也毫不逊色。

后世论者以为曼殊诗学与诗功不深，其实，清水芙蓉，自然真纯，才是自古以来最好的诗功呢。如此，曼殊可真算得民初最得诗家三味的。

曼殊之真，其次在情。曼殊是和尚，可更是情圣。曼殊之情，小到男女，到朋友，大到家国，无不让他身陷其中，难以解脱。有研究者认为，曼殊为僧是情所困。然而，即使他遁入空门，割断了烦恼丝，却也无法割断情丝。他一生都为情所困。

戒情戒色，是僧人之最。可曼殊从不讳言情色男女，虽然青衣破衲，却混迹于胭脂队里，先爱上日本少女百助，后又爱上金凤，韵事不断。曼殊追求的并非肉欲之爱；他所孜孜以求的，是一种精神恋爱，是一种柏拉图式的灵魂对话。这也是一种有别于过去与当时的一些文人之爱。

多情如水，一往情深，再加上自己的坎坷身世与伤心国事，使曼殊的诗哀婉欲绝，令人神伤。"乌舍凌波肌似雪，亲持红叶属题诗。还卿一钵无情泪，恨不相逢未剃时。""江南花草尽愁根，惹得吴娃笑语频。独有伤心驴背客，暮烟疏雨过阊门。"情到深处，让人不忍卒读，这次地，怎一个"情"字了得？

曼殊的真，还表现在为人上。曼殊是一个革命僧人，他一袭袈裟，芒鞋破钵，奔走于日本、新加坡等地，呼号革命，与孙中山、章太炎、陶成章、陈独秀结下深厚友谊。当时的一些革命党人都腰紫怀玉，皆成权贵，而曼殊却孤云野鹤，归隐江湖，实现了自己"谋人家国，功成不居"的诺言。

辛亥革命的成功也只是一会儿的工夫，就如水中月，雾中花，被窃国大盗一摘一揽，谢了，碎了。曼殊在蒲团上再也坐不住了，他愤怒地提笔写下《讨袁宣言》，写尽袁氏血洗党人，卖国求荣，践踏民主的罪恶。结尾大义凛然地道："衲等虽托身世外，然宗国兴亡，岂无责耶？"百年之后，让人读之，仍虎虎有生气焉。

山河破碎，国事日非，曼殊虽皈依佛门，却仍心系天下，在自己的一幅画作中题跋道："'最可惜，一片江山，都付与啼鹃！'每诵古人词，无非红愁绿惨，一字一泪，盖伤心人别有怀抱。于乎，郑思肖所谓'词发于爱国之心'。余作是图，宁无感焉？"

其实，写起国事来，曼殊何尝不是一字一泪？"莫愁此夕情何恨？指点荒烟锁石城。""无端狂笑无端哭，纵有欢肠已成冰。"

曼殊以泪写诗，以诗祭国，"相逢莫问人间事，故国伤心只泪流"。终于，诗人泪流尽了，诗笔停止了，圆寂之后埋骨于西子湖畔，一片洁净的山水容纳了"一寸春心早已灰"的诗人。而今，近百年过去，故国已中兴，诗人地下有知，也该含笑九泉了吧？

槐花白如雪

在小镇，一到春天，天就显得嫩蓝起来，仿佛还透着一点儿水意，这就让天空显得润润的，泛着一种光，洁净的光。是的，小镇的天，是青花瓷的颜色。水，在这时候，也无端地丰盈起来，呢呢喃喃的，说不尽的羞涩，也说不尽的婉约。

然后，是桃花开了，是杏花开了，开得一片烂漫。

一到四月底五月初，这些桃花啊梨花啊，都凋谢了自己的容颜，小镇的山，一片苍翠，仿佛谁用黛色轻轻地画了一下，画出了千种风情万种娇媚，让人怜不够也爱不够。

《红楼梦》中，贾宝玉看到林黛玉眉如翠烟，淡淡拢起，有一种西子捧心之美，因为其取字颦颦，其实，小镇也有这种病态的美，而这，恰暗合了中国文人的审美情趣。

中国文人，对美女，爱其瘦，爱其婉约，究其原因，窈窕女子弱不禁风，总让人在欣赏的同时，产生一种怜爱，一种痛惜之感。同时，也自会产生一种对美的呵护，并由此滋生一种大丈夫之感。

小镇，就会让游人有这种感觉。

小镇初夏，尤其槐花盛开时，更会给人此种感觉。

　　小镇槐树，随处都是，在水边，在河沿，在山洼，在寺庙旁，甚至在老宅深院中。

　　我在小镇居住几年，日日独倚高楼，望尽黄昏，夕阳如水，天光如酒，春光如梦。一日，突抬头，看深山野寺旁，一窝儿苍翠，一窝儿雪白，忙问当地人，回答是一块槐花树林。

　　在一个假日的下午，万事料理停当，一个人带一身悠闲，安步当车，施施然而去。路并不远，过了一道水，再过一座拱桥；再过一道水，又过一道木桥，沿一小路，曲溜拐弯半里，一阵清香袭人，就是一片槐花树林。

　　这儿很静，两山夹持，一水下注，水白如银子，细细碎碎。水的两旁，大大小小都是槐树。阳光从山上斜铺下来，光晕浮动，一片片椭圆形的叶子在阳光下显出翠绿的颜色，仿佛水洗过一样。林间也浮动着一层绿光，映在人衣服上，映在人眉眼上，让人眉眼沁绿，衣襟染翠。

　　最美的，是枝头的槐花，一串一串的，珠光宝气，洁净如雪，有的花蕾未放，如蒙古少女的小皮靴；有的刚开，如玲珑的酒杯；还有的已开，在夕阳下飘落，一瓣瓣如雪花，如蝶翅。

　　花中是淡淡的清香，但轻得如梦，薄得如纱，清幽得如少女含情的目光。我独立花下，任清香在周身浮荡，包裹；任那种天然的香气注入自己的血脉，自己的灵魂。自己此时也仿佛变成了一朵槐花，在树林里开，在树林里香，在树林里落。

　　小镇山里看槐花美，小镇的老宅深院看槐花，也很美。

　　小镇人爱栽树，所以一到春季，杂花生树，小鸟乱鸣，很是好看。

　　一日无事时，我又一次一个人独自走在小巷深处，一株歪脖子槐树，把一片槐花开得雪也似的热闹。树上拉一根绳子，一个女孩正在搭晒衣服，见有生人，微微一笑，问："找谁吧？"

　　"不找谁。"我忙摇头，说看看花而已。

　　"屋里坐吧。"女孩让着，仍微笑，那笑如槐花香，淡而洁净。

　　我忙辞谢，退出。可过身了，又后悔，为什么不进去坐坐，喝一杯茶呢？为什么不谈谈槐花,说说闲话呢。

在女孩的眼光中,我匆匆进院,匆匆看罢,匆匆离开。再不久,我离开小镇,再也没有见过那白如积雪的槐花了,也再也没有见过那样淡然如花的女孩了。

乌 江 黄 昏

黄昏,我站在乌江边。江水浩荡着,呐喊着,一派雄深,一派悲壮,在夕阳下翻腾出一片怒吼,一片金铁交鸣之声。

导游说,这儿是项王自刎地,楚汉古战场。

我的心里,悚然一惊。

也就是说,两三千年前,在这儿,一代英雄走到了生命的尽头,人性的顶峰。卓立在这儿,他立地顶天,眼望西天,一声长啸,拔出腰间的青锋横剑一勒。历史,在这一刻一抖,泪痕淋漓,呛血悲泣。

以乌江作为生命的归宿,最是壮观。

以夕阳作为英雄自刎的背景,恰是适宜。

四面楚歌,是项王之死的序幕。

那夜,一定很凄冷,很幽静,只有战马的哀鸣,在一钩弯月的冷光下回荡。四野,无声,有虫鸣,如露珠晶莹。

突然,一声洞箫响起。

洞箫声如泣如诉,如怨如慕,在天地间缭绕如线。随着箫音,有人唱起思乡的歌,开始是一人,接着是一群,悲切,细腻,忧伤,这是楚地的歌声。楚声,最是感人肺腑,让人泣泪。这点屈原可以作证,《九歌》就是例子。

楚歌声中,项王与他一生中唯一所爱的人,那位千娇百媚的女孩,那位让后世所有男人都为之仰望的女子，握手而泣。

多少男人，在失败之后，都把罪责推到身边女人的身上，三尺白绫，或一杯毒酒，把自己的龌龊，自己的平庸无能，推得一干二净。而只有这个男人，这个年青的男人，是历史的另类。生命的结尾，他始终放心不下的是自己身边的女人，自己的战马，还有兄弟。

虞姬微微一笑，在泪眼中，在歌舞声中，用剑上的一缕颈血和一缕柔情，送项王上马。

虞姬一死，项王也就失去了活下去的支柱。

汉王和项王，是绝对不同的两种人，他们根本就不宜于做博弈的双方。汉王以权力为支柱。为了权利，他可以不要父亲，不要妻子，不要儿子女儿。权力，是汉王的精神支柱。而项王则相反，他离不开心爱的人，唯愿与心上人长相厮守，并骑奔驰，陌上看花，山野射猎，樽前歌舞。

在汉王身上，时时会看到权力的欲望。在项王身后，常常会看到一个白衣飘飘的女孩，长发委地，笑靥如花，清浅一笑，天清气爽，纤尘不染：美丽，常。

权力，让人感到冷酷。

美丽，让人感到舒畅。

权力，以丢失人性为筹码。美丽，以涵养人性做基础。一段时间内相较而言，权力会战胜人性；从长远看，人性，则是永远不倒的丰碑。此从一开始就注定，汉王必胜，项王必败。

项王带着一颗泣血的心，终于走到了乌江边。

江水浩荡，夕阳如血，项王看着手下的兄弟一个个倒地而死，热泪盈眶。

一只船，一只唯一的船，就停靠在良心的岸边，停靠在几千年前的渡口，等待项王上船。项王仰天一笑，道，随我一起渡江的八千子弟，全部捐躯，我为什么还要单独渡江啊？

是的，从一开始，项王就没打算渡江，他的突围，仅仅是为了给兄弟们杀开一条生路。

虞姬已死，八千子弟兵已染血沙场，爱情与友情，已在金铁交鸣之中、金戈铁马之中流失，自己为什么还要活着？

美丽已失，人性已失，这个世界，还有什么值得留恋的？

目送着自己的战马，随着那只小船越行越远，项王的心里，所有的负担，在这一刻全部消失，他终于可以轻松地走了，离开这个尔虞我诈的世界，离开这个充满欺骗和肮脏的世界。

青锋一横，历史画上了一个句号，也画上了一个英雄时代的英雄的休止符。

乌江江心，一声嘶鸣，那匹乌骓也一跃而入，沉入乌江，做了英雄最后的伴侣。

只有乌江水，在咆哮着，翻滚着，从历史深处，一路奔腾，奔腾到现在，奔腾向未来，奔腾在汗青史册中，奔腾在一个民族的血脉中。

端午，是一种乡愁

端午，在故乡，称之为端阳。"过端阳，接姑娘"，是我们那儿特有的风俗。一到端阳，嫁出去的女子，无论老的少的，都眼巴巴地向村口张望，等着娘家人来接。不为别的，单是为了一种荣耀，一种喜庆。

有娘家人来接，别人就会羡慕："看你，多贵重，娘家人早早就来了。"一句话，让被夸的人满脸阳光，心里甜滋滋的。

没有娘家人来接的，就很眼气地望着别人，有意无意地瞄着远方的大路，一声声叹气，一直等到娘家人来，脸上才绽开灿烂的笑容。笑声大了，精神气也足了。

我小时，特别喜欢去接姑娘，也就是我的姑姑。

姑姑家离我家不远，沿着一条小河，弯弯曲曲向上走，一路上泉水白亮亮的如银子，花儿草儿，泼洒摇曳，色彩如染。大概走3里路左右，竹林里，一角屋檐露出，还有鸡鸣，一声声明亮着，就是姑姑家了。

每次去，姑姑都在我来的路上的田里，或锄草，或摘菜。反正，在我的记忆里，没有一次在家。远远见了我，站起来，满脸是笑。旁边有人打趣："秀子等了半早晨，终于等来了娘家侄儿。"秀子，是姑姑的小名。

姑姑红了脸，笑笑，拉着我回到她家，拿出蒸馍，上面染满花花绿绿的颜色，很好看，也好吃。到今天，我也不知道那是什么染的。有时，还会有几个煮鸡蛋。姑姑早就准备好了，单等我来。

回家的路上，沿路家家门上插艾，插苍术。也有人拿着刀，在路边割艾。山上有鸟鸣，声音婉转而流畅。根据鸟鸣的音韵，我们那儿创造了一首儿歌，很短："过端阳，接姑娘，姑娘脚痛，啊吆——"

我一边走，一边随着这种鸟的叫声应和着，唱着儿歌，引来一路的笑声，有人夸我，说我唱得好呢。我更得意了，一路唱回家。母亲听了，忙挡住，说小孩子家家的，一点儿也不懂事，那是骂姑姑的。

姑姑笑，说没什么，那有啥子。说完，进灶房帮忙去了。

那时，一到端阳，孩子们都唱这首歌，接自己的姑姑。歌是大人们教的，故意开姑娘们的玩笑，你教我的孩子，我教你的孩子。结果，所有的孩子都会了。唱儿歌，接姑姑，是我少年记忆里一道最美的风景。

端阳一般早晨吃馍，上午喝酒。酒里必有雄黄。喝罢，还把那酒在小孩的鼻孔和耳门上抹一些，说是为了阻挡虫蚁进入。

但我最喜欢的，还是戴兜肚。兜肚，是母亲或姑姑绣的，红色的裹肚布，上面有白色的镶边，中间还缀上一块巴掌大的白布。上面绣着荷花、小鸟，还有蝴蝶什么的，反正很漂亮。吃罢饭，我们一个个戴上，欢天喜地地跑出去，和村里的伙伴比较夸耀去了。村子里，响响亮亮的，到处都是我们的笑声，赛过檐间的燕子。

端阳，在我们那儿，分小端阳和大端阳。小端阳是五月初五，大端阳是五月十五。

五月初五是为了纪念屈原，那么，五月十五，又是为了什么呢？多年后，当我辗转各地，再回过头看看故乡的端阳，才恍然大悟，所谓的大端阳，纯粹是为嫁出去的姑娘设定的：乡村女人们，一年到头，几乎没有清闲的日子，尤其五月左右，收割完毕，劳累之极。这时，回娘家，过端阳，实在是一种最好的休息，也是互相话话桑麻的最好时间。此日一过，她们打麦扬场，又要忙自己的小日子了。

乡村的节日，淳朴而人性，细腻含蓄又充满诗情画意。

可是，现在，山里的鸟儿还在叫着，我却再也没有接我的姑姑过端阳了。因为，年年，我流转在异乡的土地上，我的头发花白的姑姑、我的姐姐妹妹该在村口眼巴巴地望着吧，当然，还有我的童年，我童年的儿歌。

乡 村 暮 色

暮色四合是一种美丽，一种和谐，一种安闲，一种舒畅。

暮色四合，让人想起乡村。

想起夕阳落山，暮色升起，西天的天边，一色的蛋青色，滑得如美女的微笑，里面还透出微微的红晕。西天边的山上，此时镶上了一道亮边，亮得纤毫毕现，包括山上的一茎草，一块石子，甚或是一只撒腿跑过的野山羊。

这时，就有人喊："呵，好大的一只野山羊。"

"哪儿？哪儿？"一群人问，沿着第一个人的手指望去，果然，弧形的山梁上，立着一个剪影，两个犄角清清楚楚立在那儿，铁铸的一样，一动不动。这时，不知哪儿飞过一只鸟，"呀"一声叫，野山羊一撩蹄子，不见了影子。

山尖上，红亮的颜色也被夜色淹没。

暮色四合，让人想起了山里的生活。

鸡栖于扉，牛羊归圈，农人回家。小路上，一个个农人扛着锄头，从远远的山上走回来。那时，我们一群孩子就会站在路口的大核桃树下，伸长脖子，望着山路，一个个辨认着自己的爹娘，有的孩子性急，甚或是撒娇，喊："娘，娘哎！"

一群人在山路上走着，一边说着话，听得清清楚楚的，可就是不答应。我们这些孩子偏有一股犟劲，不喊答应就不停止。

"娘，你咋不答应我？"仍然喊着。

"有盐无油地喊个啥啊？"娘在那边答应了，带着娘特有的娇惯口味回答。

一群孩子，各自看清了自己的娘，看清了自己的爹，心里不知怎么的舒畅，"嗷儿"一声叫，一个个跑下河沿，接的接锄头，背的背挎篮，那种高兴劲，如得胜的将军。

暮色四合，让人想起了奶奶的呼唤声。

每到此时，一家一家烟囱上，一缕缕炊烟升起来，有的直，有的弯弯扭扭。我们望着自己家烟囱上的烟，一缕直上，直攀到别人家烟囱上冒的烟上面去了，高兴地拍着手，又叫又跳。每每这时，是我最骄傲的时候，我家的一股浓烟，直上青天，虽到半空就散了，但始终高于毛头家的，更高过财娃家的。

就因为这，我的头比他们的要扬得高得多。

饭做好，一家家门前响起呼唤声，我们的乳名，漫空回荡，惊得蝙蝠在空中飞来飞去。

蝙蝠这家伙，据说笨笨的，扔上一只布鞋，它就会钻进布鞋里。所以，我们一个个脱下一只布鞋，单腿跳跃着，扔着布鞋，一边唱着奶奶教的儿歌："蝙蝠乖乖，进我布鞋，布鞋没底，给你吃米。布鞋不脏，给你吃糖。"跳着跳着，一不注意，一跤跌在地上，浑身是土。可蝙蝠却没一只钻进鞋，只有我们一个个变成了土猴。

一般在家做饭的都是奶奶婆婆，管不住我们，没办法，一声威吓："过一会儿，等你爹回来，看不捶死你。"一句话，让我们乖乖地回了家。

一般的，当奶奶的绝没人告状，让孙子挨打。

吃饭时，我夸奶奶："真会做饭，让我们家的烟高过了毛头家，还有财娃家。"奶奶听了，眨眨红红的眼睛，埋怨："柴湿得烧不着，还好呢？"

据毛头他婆说，那小子为了烟高过我家的，偷偷给柴火浇水，让他爹发现了，给了他两个栗凿。

暮色四合，让人想起了老家的稻场。

那稻场很大很大，是大家公用的，一堆堆谷草堆在那，如一座座塔，我们在草堆间躲藏着、蹦跳着，被抓住了的，就得唱歌，或者学狗叫。我学狗叫学得最像了的，"汪——汪汪——"今天，那狗叫声仍在我的耳畔回荡，应和的，还有童年的笑声。

玩到月亮升高了，我们还不愿回去，一直到父母拿着棍子走来，我们才一哄而散，回了家，留下一个稻场，空荡荡的在月光下。

暮色四合，暮色仍在四合，在乡村的小路上，在乡村的屋檐下，在乡村的小河和乡村的炊烟中。

可在暮色四合中，再也没有了奶奶的呼唤声，再也没有了我们童年的欢笑。

山村的一切，都在暮色中寂寞着，一个个孩子都钻进了书堆中、题海中。甚至两三岁的小孩，也都进了幼儿园。

只有暮色，在黄昏之后，孤零零地弥漫，弥漫着我的童年。